Octaedro

Do autor

62 modelo para armar
Adeus, Robinson e outras peças curtas
As armas secretas
Diário de Andrés Fava
Divertimento
O exame final
Histórias de cronópios e de famas
O jogo da amarelinha
Obra crítica, vol. 1
Obra crítica, vol. 2
Obra crítica, vol. 3
Octaedro
Papéis inesperados
Os prêmios
Os reis
Todos os fogos o fogo
Último round, tomo I
Último round, tomo II
A volta ao dia em 80 mundos, tomo I
A volta ao dia em 80 mundos, tomo II

Julio Cortázar

Octaedro

tradução de
Gloria Rodríguez

8ª edição

CIVILIZAÇÃO BRASILEIRA
Rio de Janeiro
2014

COPYRIGHT © 1964 Julio Cortázar e herdeiros de Julio Cortázar

TÍTULO ORIGINAL ESPANHOL
Octaedro

CAPA
Evelyn Grumach

PROJETO GRÁFICO
Evelyn Grumach e João de Souza Leite

PREPARAÇÃO DE ORIGINAIS
Maria Leny Cordeiro

EDITORAÇÃO ELETRÔNICA
Maria Pereira

CIP-BRASIL. CATALOGAÇÃO-NA-FONTE
SINDICATO NACIONAL DOS EDITORES DE LIVROS, RJ

Cortázar, Julio, 1914-1984

C854o   Octaedro / Julio Cortázar; tradução, Gloria Rodriguez. –
8ª ed.   8ª ed. – Rio de Janeiro: Civilização Brasileira, 2014.

Tradução de: Octaedro
ISBN 978-85-200-9767-0

1. Romance argentino. I. Rodríguez, Gloria. II. Título.

                                                                  CDD – 868.99323
99-1703   CDU – 860(82)-3

Todos os direitos reservados. Proibida a reprodução, armazenamento ou transmissão de partes deste livro, através de quaisquer meios, sem prévia autorização por escrito.

EDITORA AFILIADA

Texto revisado segundo o novo Acordo Ortográfico da Língua Portuguesa.

Direitos desta edição adquiridos pela
EDITORA CIVILIZAÇÃO BRASILEIRA
Um selo da
EDITORA JOSÉ OLYMPIO LTDA.
Rua Argentina 171 – 20921-380 – Rio de Janeiro, RJ – Tel.: 2585-2000

Seja um leitor preferencial Record.
Cadastre-se e receba informações sobre nossos lançamentos e nossas promoções.

Atendimento e venda direta ao leitor:
mdireto@record.com.br ou (21) 2585-2002

Impresso no Brasil
2014

Sumário

Liliana chorando   7

Os passos no rastro   19

Manuscrito achado num bolso   41

Verão   57

Aí, mas onde, como   69

Lugar chamado Kindberg   83

As fases de Severo   97

Pescoço de gatinho preto   109

Liliana chorando

Ainda bem que é Ramos e não outro médico, com ele sempre houve um pacto, eu sabia que chegado o momento ele ia me dizer ou pelo menos me daria a entender sem me dizer totalmente. Custou ao coitado quinze anos de amizade e noites de pôquer e fins de semana no campo, o problema de sempre; mas na hora da verdade é assim, e entre homens vale mais do que as mentiras de consultório coloridas como os comprimidos ou o líquido cor-de-rosa que gota a gota me vai penetrando nas veias.

Há três ou quatro dias, sem que ele nada me diga, sei que vai cuidar para que não haja o que chamam agonia; para que deixar o cão morrer devagar? posso confiar nele, os últimos comprimidos serão sempre verdes ou vermelhos, mas dentro haverá outra coisa, o grande sono que desde já lhe agradeço enquanto Ramos fica me olhando aos pés da cama, um pouco perdido porque a verdade o esvaziou, pobre velho. Não diga nada a Liliana, por que fazê-la chorar antes da hora, você não acha? A Alfredo sim, você pode dizer a Alfredo que vá arrumando um tempinho no trabalho e se ocupe de Liliana e de mamãe. Olhe, diga à enfermeira que não chateie quando escrevo, é a única coisa que me faz esquecer a dor, além da sua eminente farmacopeia, claro. Ah, e que me tragam café quando peço, esta clínica leva as coisas tão a sério.

É verdade que escrever de vez em quando me acalma, será por isso que há tanta correspondência de condenados à morte, sabe-se lá. Inclusive me diverte imaginar por escrito coisas que apenas pensadas de repente nos entopem a garganta, sem falar das glândulas lacrimais; nas palavras me vejo como se fosse outro, posso pensar qualquer coisa desde que a escreva logo em seguida, deformação profissional ou alguma coisa que começa a amolecer nas meninges. Só me interrompo quando chega Liliana, com os outros sou menos amável, como não querem que eu fale muito, deixo-os contar se faz frio ou se Nixon vai ganhar de McGovern, com o lápis na mão eu os deixo falar e até Alfredo percebe e me diz que continue, que faça como se ele não estivesse ali, trouxe o jornal e vai ficar ainda um pouco. Mas minha mulher não merece isso, a ela eu ouço e lhe sorrio e me dói menos, aceito esse beijo um pouquinho úmido que volta uma vez ou outra, embora cada dia me canse mais que me barbeiem e devo machucar-lhe a boca, pobre querida. É preciso dizer que a coragem de Liliana é meu melhor consolo, ver-me já morto em seus olhos me tiraria esse resto de força com que posso falar-lhe e retribuir algum de seus beijos, com que continuo escrevendo apenas ela sai e começa a rotina das injeções e das palavrinhas simpáticas. Ninguém se atreve a se meter com meu caderno, sei que posso guardá-lo debaixo do travesseiro ou na mesa de cabeceira, é meu capricho, é preciso deixá-lo já que o doutor Ramos, claro que é preciso deixá-lo, coitadinho, assim se distrai.

Será na segunda ou terça-feira, e o lugarzinho na cripta quarta ou quinta. Em pleno verão o cemitério da Chacarita vai estar um forno e os rapazes vão passar mal, vejo Pincho com aqueles jaquetões e com enchimento que tanto divertem Acosta, que por seu lado terá de se vestir embora isso lhe custe, ele, o rei do blusão, botando gravata e casaco para acompanhar-me, isso vai ser genial. E Fernandito, o trio completo, e também Ramos, é claro, até o fim, e Alfredo levando Liliana e mamãe pelo braço, chorando com elas. E será verdade, sei como gostam de mim, como vou lhes fazer falta; não irão como fomos ao enterro do gordo Tresa, a obrigação partidária e algumas férias compartilhadas, cumprimentar rapidamente a família e se mandar de volta à vida e ao esquecimento. Claro que vão ficar com uma fome bárbara, sobretudo Acosta que como guloso ninguém ganha dele; embora lhes doa e amaldiçoem esse absurdo de morrer jovem e em plena carreira, existe a reação que todos conhecemos, o gosto de tornar a entrar no metrô ou no carro, de tomar um banho de chuveiro e comer com fome e vergonha ao mesmo tempo, como negar a fome que se segue às noites em claro, o cheiro das flores do velório e os intermináveis cigarros, e os passeios pela calçada, uma espécie de forra que sempre se sente nesses momentos e que eu nunca me neguei porque teria sido hipócrita. Gosto de pensar que Fernandito, Pincho e Acosta irão juntos a uma churrascaria, na certa irão juntos porque também fizemos a mesma coisa com o gordo Tresa, os amigos precisam prosseguir um pouco, beber um litro de vinho e acabar com uns miúdos; porra, é como se os estivesse vendo, Fernandito vai ser o primeiro a contar uma piada e engoli-la de lado com meia linguiça, arrependido tardiamente, e Acosta olhará para ele com o rabo do olho mas Pincho já terá soltado a gargalhada, é uma coisa que não é capaz de aguentar, e então Acosta, que é um santo, dirá que não tem por que dar o exemplo diante dos rapazes e também rirá antes de acender um cigarro. E falarão muito de mim, cada um lembrará tantas coisas, a vida que nos foi juntando, os quatro, embora como sempre cheia de vazios, de horas que nem todos compartilhamos e que assomarão à lembrança de Acosta ou de Pincho, tantos anos e brincadeiras e amores, a turma. Vai lhes custar separarem-se depois do almoço, porque então virá a outra coisa, a hora de irem para casa, o último, definitivo enterro. Para Alfredo vai ser diferente e não porque não seja da turma, ao contrário, mas Alfredo vai se ocupar de Liliana e de mamãe e isso nem Acosta nem os outros podem fazer, a vida vai criando relacionamentos especiais entre os amigos, todos sempre vieram a nossa casa, mas Alfredo é outra coisa, essa proximidade que sempre me fez bem, seu prazer de ficar longo tempo conversando com mamãe sobre plantas e remédios, seu prazer em levar Pocho ao jardim zoológico ou ao circo, o solteirão disponível, embrulho de doces e sete e meio quando mamãe não estava bem, sua confiança tímida e clara com Liliana, o amigo dos amigos que agora terá de passar esses dias engolindo as lágrimas, talvez levando Pocho até sua quinta e voltando logo para estar com mamãe e Liliana até o fim. Afinal de contas vai ter de ser o homem da casa e aguentar todas as complicações, a começar pela funerária, isto tinha de acontecer justamente quando o velho anda pelo México ou Panamá, sei lá se ele chega a tempo para aguentar o sol das onze na Chacarita, pobre velho; de maneira que será Alfredo quem leva Liliana porque não acredito que deixem mamãe ir, Liliana pelo braço, sentindo-a tremer contra seu próprio tremor, murmurando-lhe tudo o que eu terei murmurado à mulher do gordo Tresa, a inútil necessária retórica que não é consolo nem mentira nem sequer frases coerentes, um simples estar aí, que é tanto.

Também para eles o pior vai ser a volta, antes há a cerimônia e as flores, há também contato com aquela coisa inconcebível cheia de argolas e dourados, a parada defronte da cripta, a operação limpamente executada pelos homens do ofício, mas depois é o automóvel alugado e especialmente a casa, tornar a entrar em casa sabendo que o dia vai estancar-se sem telefone nem clínica, sem a voz de Ramos prolongando a esperança de Liliana, Alfredo fará café e lhe dirá que o Pocho está contente na quinta, que gosta dos cavalinhos e brinca com os peõezinhos, será necessário cuidar de mamãe e de Liliana mas Alfredo conhece cada canto da casa e certamente ficará velando no sofá de meu escritório, lá onde uma vez estendemos Fernandito vítima de um pôquer em que não vira uma carta, sem falar nos cinco conhaques compensatórios. Faz tantas semanas que Liliana dorme sozinha que talvez o cansaço possa mais do que ela, Alfredo não se esquecerá de dar sedativos a Liliana e a mamãe, tia Zulema estará distribuindo camomila e tília, Liliana se deixará pouco a pouco pegar no sono com esse silêncio da casa que Alfredo terá fechado conscientemente antes de ir se esticar no sofá e acender outro cigarro, daqueles que não se atreve a fumar diante de mamãe por causa da fumaça que a faz tossir.

Enfim, tem isso de bom, Liliana e mamãe não estarão tão sozinhas ou nessa solidão ainda pior que é a parentela distante invadindo a casa de luto; terá tia Zulema que sempre morou no andar de cima, e Alfredo que também esteve entre nós como se não estivesse, o amigo com chave própria; nas primeiras horas talvez seja menos duro sentir irrevogavelmente a ausência do que suportar um tropel de abraços e de grinaldas verbais, Alfredo se ocupará de impor distâncias, Ramos virá um pouco para ver mamãe e Liliana, as ajudará a dormir e deixará comprimidos para tia Zulema. Em dado momento será o silêncio da casa às escuras, apenas o relógio da igreja, uma buzina ao longe porque o bairro é tranquilo. É bom pensar que assim vai ser, que, se abandonando aos poucos a um torpor sem imagens, Liliana se esticará com seus lentos gestos de gata, uma mão perdida no travesseiro úmido de lágrimas e água-de-colônia, a outra junto da boca num retorno infantil antes do sono. Imaginá-la dessa maneira faz tão bem, Liliana dormindo no fim do túnel negro, sentindo confusamente que o hoje está cessando para tornar-se ontem, que aquela luz nas cortinas já não será a mesma que batia no meio do peito enquanto tia Zulema abria as caixas de onde ia saindo o preto em forma de roupa e de véus misturando-se em cima da cama com um choro enraivecido, um último, inútil protesto contra o que ainda estava por vir. Agora a luz da janela chegaria antes de qualquer pessoa, antes das recordações dissolvidas no sono e que só confusamente abririam caminho na última sonolência. Sozinha, sabendo-se realmente só naquela cama e naquele quarto, naquele dia que começava em outra direção, Liliana podia chorar abraçada com o travesseiro sem que viessem acalmá-la, deixando-a esgotar o pranto até o fim, e só muito depois, com um semissono enganoso retendo-a no novelo dos lençóis, o oco do dia começaria a se encher de café, de cortinas corridas, da tia Zulema, da voz do Pocho telefonando da quinta com notícias dos girassóis e dos cavalos, um bagre pescado depois de uma luta feroz, uma farpa na mão mas não era grave, puseram-lhe o remédio de seu Contreras que era o melhor para essas coisas. E Alfredo esperando na sala com o jornal na mão, dizendo-lhe que mamãe tinha dormido bem e que Ramos viria ao meio-dia, propondo-lhe ir ver o Pocho de tarde, com aquele sol que valia a pena chegar até a quinta e talvez até pudessem levar mamãe, o ar do campo lhe faria bem, talvez ficar o fim de semana na quinta, e por que não todos, com o Pocho que ficaria tão contente de tê-los ali. Aceitar ou não dava na mesma, todos sabiam e esperavam as respostas que as coisas e o correr da manhã iam dando, entrar passivamente no almoço ou num comentário sobre as greves dos têxteis, pedir mais café e atender o telefone que em dado momento tiveram de ligar, o telegrama do sogro no exterior, uma batida estrondosa na esquina, gritos e apitos, a cidade lá fora, duas e meia, ir embora com mamãe e Alfredo para a quinta porque talvez a farpa na mão, nunca se sabe com os meninos, Alfredo tranquilizando-as ao volante, seu Contreras era mais confiável que um médico para essas coisas, as ruas de Ramos Mejía e o sol como um xarope fervendo até o refúgio nos grandes quartos caiados, o chimarrão às cinco horas e o Pocho com seu bagre que começava a cheirar mas tão bonito, tão grande, que luta para tirá-lo do riacho, mamãe, quase corta o fio, juro, olhe que dentes. Era como estar folheando um álbum ou vendo um filme, as imagens e as palavras uma após outra enchendo o vazio, agora vai ver o que é o assado de costela da Carmen, senhora, levezinho e tão gostoso, uma salada de alface e pronto, não é preciso mais, com este calor é melhor comer pouco, traga o inseticida porque a esta hora os mosquitos. E Alfredo ali calado mais o Pocho, a mão dando palmadinhas no Pocho, você, meu velho, é o campeão da pesca, amanhã vamos juntos cedinho e talvez quem sabe, me contaram que um roceiro pescou um de dois quilos. Aqui embaixo do telhado está bom, mamãe pode dormir um pouco na cadeira de balanço se quiser, seu Contreras tinha razão, você já não tem nada na mão, mostra como é que você monta no cavalinho malhado, olhe, mamãe, olhe quando eu galopo, por que é que você não vem com a gente pescar amanhã, eu ensino, você vai ver, sexta-feira com um sol vermelho e os bagrinhos, a corrida entre o Pocho e o garoto de seu Contreras, o cozido ao meio-dia e mamãe ajudando devagarzinho a descascar os milhos, dando conselhos sobre a filha de Carmen que estava com uma tosse rebelde, a sesta nos quartos nus que cheiravam a verão, a escuridão contra os lençóis um pouco ásperos, o entardecer debaixo do telhado e a fogueira para espantar os mosquitos, a proximidade nunca manifestada de Alfredo, aquela maneira de estar ali e cuidar do Pocho para que tudo fosse confortável, até o silêncio que sua voz rompia a tempo, sua mão oferecendo um copo de refresco, um lenço, ligando o rádio para ouvir o noticiário, as greves e Nixon, era previsível, que país.

O fim de semana e na mão do Pocho apenas uma marca da farpa, voltaram a Buenos Aires segunda bem cedo para evitar o calor, Alfredo os deixou em casa para ir receber o sogro, Ramos também estava em Ezeina e Fernandito, que ajudou naquelas horas do encontro, porque era bom que houvesse outros amigos da casa, Acosta às nove horas com sua filha que podia brincar com o Pocho no apartamento de tia Zulema, tudo ia ficando mais amortecido, voltar atrás mas de outra maneira, com Liliana se obrigando a pensar nos velhos mais do que nela, controlando-se, e Alfredo entre eles com Acosta e Fernandito desviando as insinuações, interpondo-se para ajudar Liliana, para convencer o velho que descansasse depois de tamanha viagem, saindo um a um até que só ficassem Alfredo e a tia Zulema, a casa calada, Liliana aceitando um comprimido, deixando-se levar para a cama sem ter afrouxado uma só vez, dormindo quase instantaneamente como depois de alguma tarefa cumprida até o final. Pela manhã eram as corridas do Pocho na sala, o arrastar dos chinelos do velho, o primeiro chamado telefônico, quase sempre Clotilde ou Ramos, mamãe queixando-se do calor ou da umidade, falando do almoço com a tia Zulema, às seis horas Alfredo, às vezes Pincho com sua irmã ou Acosta para que o Pocho brincasse com sua filha, os colegas do laboratório que reclamavam por Liliana, era preciso voltar a trabalhar e não continuar trancada em casa, que o fizesse por causa deles, havia falta de químicos e Liliana era necessária, que viesse só meio dia pelo menos até que se sentisse com mais ânimo; Alfredo a levou da primeira vez, Liliana não tinha vontade de dirigir, depois não quis incomodar e tirou o carro, às vezes saía com o Pocho de tarde, levava-o ao jardim zoológico ou ao cinema, no laboratório lhe agradeciam que lhes desse uma mão com as novas vacinas, um surto epidêmico no litoral, ficar trabalhando até tarde, tomando gosto pelo trabalho, uma corrida em equipe contra o relógio, vinte caixotes de ampolas para Rosario, conseguimos, Liliana, você brilhou, menina. Ver o verão partir em plena tarefa, o Pocho no colégio e Alfredo reclamando, ensinam matemática a esses meninos de outra maneira, me faz cada pergunta que eu fico pasmo, e os velhos com o dominó, em nosso tempo tudo era diferente, Alfredo, nos ensinavam caligrafia e olhe a letra que este garoto tem, onde é que vamos parar. A recompensa silenciosa de olhar Liliana perdida num sofá, um simples olhar por cima do jornal e vê-la sorrir, cúmplice sem palavras, dando razão aos velhos, sorrindo-lhe de longe quase como uma garota. Mas pela primeira vez um verdadeiro sorriso vindo de dentro como quando foram ao circo com o Pocho que melhorara no colégio e o levaram para tomar sorvete, e passear no porto. Começavam os grandes frios, Alfredo ia menos seguido à casa porque surgiam problemas sindicais e tinha de viajar para as províncias, às vezes vinha Acosta com a filha e aos domingos Pincho ou Fernandito, já não tinha importância, todo mundo tinha tanto que fazer e os dias eram curtos, Liliana voltava tarde do laboratório e dava uma mão ao Pocho nas decimais e na foz do Amazonas, no fim e sempre Alfredo, os presentinhos para os velhos, aquela tranquilidade nunca dita de sentar-se com ele perto do fogo já tarde e falar em voz baixa dos problemas do país, da saúde de mamãe, a mão de Alfredo apoiando-se no braço de Liliana, você se cansa demais, não está com boa cara, o sorriso agradecido negando, um dia iremos à quinta, este frio não pode durar a vida toda, nada podia durar a vida toda embora Liliana retirasse lentamente o braço e procurasse os cigarros na mesinha, as palavras quase sem sentido, os olhos se encontrando de outra maneira até que de novo a mão escorregando pelo braço, as cabeças juntando-se e o longo silêncio, o beijo na face.

Não havia nada a dizer, tinha acontecido assim e não havia nada a dizer. Inclinando-se para acender o cigarro que tremia entre os dedos, simplesmente esperando sem falar, talvez sabendo que não havia palavras, que Liliana faria um esforço para tragar a fumaça e a deixaria sair com uma queixa, que começaria a chorar sufocadamente, desde outro tempo, sem separar o rosto do rosto de Alfredo, sem se negar e chorando calada, agora só para ele, desde todo o resto que ele compreendia. Inútil murmurar coisas tão sabidas, Liliana chorando era o término, a extremidade de onde ia começar outra maneira de viver. Se acalmá-la, se devolvê-la à tranquilidade tivesse sido tão simples como escrever com as palavras alinhando-se num caderno como segundos congelados, pequenos desenhos do tempo para ajudar a passagem interminável da tarde, se fosse só isso, mas a noite chega e também Ramos, incrivelmente a cara de Ramos olhando os exames apenas acabados, procurando meu pulso, de repente outro, incapaz de disfarçar, arrancando-me os lençóis para me ver nu, apalpando-me o lado, com uma ordem incompreensível à enfermeira, um lento, incrédulo reconhecimento a que assisto como de longe, quase divertido, sabendo que não pode ser, que Ramos se engana e que não é verdade, que só era verdade a outra coisa, o prazo que não havia me ocultado, e o riso de Ramos, sua maneira de me apalpar como se não pudesse admiti-lo, sua esperança absurda, isto ninguém vai me acreditar, velho, e eu me esforçando para reconhecer que talvez seja assim, que talvez sabe-se lá, olhando Ramos que se ergue e torna a rir e distribui ordens com uma voz que eu nunca lhe ouvira naquela penumbra e naquela sonolência, tendo de me convencer pouco a pouco que sim, que então vou ter de lhe pedir, logo que a enfermeira vá embora vou ter de lhe pedir que espere um pouco, que espere ao menos que seja dia antes de dizer a Liliana, antes de arrancá-la daquele sono em que pela primeira vez não está só, daqueles braços que a apertam enquanto dorme.

Os *passos no rastro*

Crônica um pouco tediosa, estilo de exercício mais que exercício de estilo de um, digamos, Henry James que tivesse tomado chimarrão em qualquer pátio portenho ou platense dos anos vinte.

Jorge Fraga acabava de fazer quarenta anos quando decidiu estudar a vida e a obra do poeta Claudio Romero.

A coisa nasceu de uma conversa de café na qual Fraga e seus amigos tiveram de admitir uma vez mais a incerteza que envolvia a pessoa de Claudio Romero. Autor de três livros apaixonantemente lidos e invejados, que lhe trouxeram efêmera celebridade nos anos posteriores ao Centenário, a imagem de Romero se confundia com suas invenções, padecia da falta de uma crítica sistemática e até mesmo de uma iconografia satisfatória. Além de artigos parcimoniosamente laudatórios nas revistas da época, e de um livro cometido por um entusiasta professor de Santa Fé, para quem o lirismo supria as ideias, não se tentara a menor indagação sobre a vida ou a obra do poeta. Algumas anedotas, fotografias apagadas; o resto era lenda para tertúlias e panegíricos em antologia de vagos editores. Mas Fraga tivera a atenção despertada para o fato de muita gente continuar lendo os versos de Romero com o mesmo fervor que os de Carriego ou Alfonsina Storni. Ele próprio os descobrira nos anos de ginásio, e apesar do tom menor e das imagens desgatadas pelos imitadores, os poemas do "vate platense" tinham sido uma das experiências decisivas de sua juventude, como Almafuerte ou Carlos de la Púa. Só mais tarde, quando já era conhecido como crítico e ensaísta, ocorreu-lhe pensar seriamente na obra de Romero e não tardou em perceber que não se sabia quase nada de seu sentido mais pessoal e talvez mais profundo. Diante dos versos de outros bons poetas do começo do século, os de Claudio Romero se distinguiam por uma qualidade especial, uma ressonância menos enfática que lhe fazia logo ganhar a confiança dos jovens, fartos de tropos altissonantes e evocações vazias. Quando falava de seus poemas com alunos ou amigos, Fraga chegava a perguntar-se se o mistério não seria no fundo o que prestigiava aquela poesia de chaves obscuras, de intenções fugidias. Acabou por irritá-lo a facilidade com que a ignorância favorece a admiração; afinal de contas, a poesia de Claudio Romero era importante demais para ser diminuída por um conhecimento melhor de sua gênese. Ao sair de uma dessas reuniões de café onde se falara em Romero com a habitual vacuidade admirativa, sentiu uma espécie de obrigação de se pôr a trabalhar a sério sobre o poeta. Também sentiu que não devia ficar num simples ensaio com propósitos filológicos ou estilísticos, como quase todos os que escrevera. A noção de uma biografia no sentido mais alto se impôs desde o começo: o homem, a terra e a obra deviam surgir de uma só vivência, embora o empreendimento parecesse impossível em tanta névoa do tempo. Terminada a etapa do fichário, seria necessário alcançar a síntese, provocar impensavelmente o encontro do poeta e seu perseguidor; porque só esse contato devolveria à obra de Romero sua razão mais profunda.

Quando decidiu empreender o estudo, Fraga entrava num momento crítico de sua vida. Certo prestígio acadêmico lhe valera um cargo de professor adjunto na universidade e o respeito de um pequeno grupo de leitores e alunos. Ao mesmo tempo, uma recente tentativa para conseguir o apoio oficial que lhe permitisse trabalhar em algumas bibliotecas da Europa fracassara por motivos de política burocrática. Suas publicações não eram das que abrem sem bater às portas dos ministérios. O romancista da moda, o crítico da coluna literária podiam se permitir mais que ele. Não escapou a Fraga que, se seu livro sobre Romero tivesse sucesso, os problemas mais mesquinhos se resolveriam por si sós. Não era ambicioso, mas o irritava ver-se preterido pelos escribas do momento. Também Claudio Romero, em sua época, se queixara altivamente de que o poeta dos salões elegantes merecera o cargo diplomático que a ele fora recusado.

Durante dois anos e meio reuniu dados para seu livro. A tarefa não era difícil, mas sim prolixa e em alguns casos aborrecida. Incluiu viagens a Pergamino, a Santa Cruz e a Mendoza, correspondência com bibliotecários e arquivistas, exame de coleções de jornais e revistas, pesquisa de textos, estudos paralelos das correntes literárias da época. Em fins de 1954 os elementos centrais do livro estavam colhidos e avaliados, embora Fraga não tivesse escrito ainda uma só palavra do texto.

Enquanto inseria um nova ficha na caixa de papelão preto, numa noite de setembro, perguntou-se se estaria em condições de empreender a tarefa. Não o preocupavam os obstáculos; antes, pelo contrário, a facilidade de se lançar sobre um terreno suficientemente conhecido. Os dados estavam ali, e nada de importante sairia mais das gavetas ou das memórias dos argentinos de seu tempo. Colhera notícias e fatos aparentemente desconhecidos, que aprimorariam a imagem de Claudio Romero e sua poesia. O único problema era não confundir o enfoque central, as linhas de fuga e a composição do conjunto.

"Mas essa imagem é bastante clara para mim?", perguntou-se Fraga olhando para a brasa de seu cigarro. "As afinidades entre mim e Romero, nossa preferência comum por determinados valores estéticos e poéticos, isso que torna fatal a escolha do assunto por parte do biógrafo, não me farão cair mais uma vez numa autobiografia disfarçada?"

Podia responder que não lhe fora dada nenhuma capacidade criadora, que não era um poeta mas um apreciador de poesia, e que suas faculdades se afirmavam na crítica, no deleite que acompanha o conhecimento. Bastaria uma atitude alerta, uma vigília dedicada à submersão na obra do poeta, para evitar qualquer transfusão indevida. Não tinha por que desconfiar da simpatia que dedicava a Claudio Romero e da fascinação de seus poemas. Como nos bons aparelhos fotográficos, seria preciso estabelecer a correção necessária para que o sujeito ficasse exatamente enquadrado, sem que a sombra do fotógrafo lhe pisasse os pés.

Agora que o esperava a primeira folha de papel em branco, como uma porta que de um momento para outro seria necessário começar a abrir, tornou a perguntar-se se seria capaz de escrever o livro tal como o imaginara. A biografia e a crítica podiam derivar perigosamente para a facilidade, apenas se as orientassem para aquele tipo de leitor que espera de um livro o equivalente ao cinema ou a André Maurois. O problema consistia em não sacrificar aquele anônimo e multitudinário consumidor, que seus amigos socialistas chamavam "o povo", à satisfação erudita de um punhado de colegas. Achar o ângulo que permitisse escrever um livro de leitura apaixonante sem cair em receitas de best seller; ganhar simultaneamente o respeito do mundo acadêmico e o entusiasmo do homem da rua que quer se divertir numa poltrona sábado à noite.

Era um pouco a hora de Fausto, o momento do pacto. Quase ao amanhecer, o cigarro consumido, o copo de vinho na mão indecisa. *O vinho, como uma luva de tempo*, escrevera Claudio Romero em algum lugar.

"Por que não", disse Fraga consigo mesmo, acendendo outro cigarro. "Com tudo o que sei agora sobre ele, seria estúpido que ficasse num simples ensaio, numa edição de trezentos exemplares. Juárez ou Ricardi podem fazê-lo tão bem quanto eu. Mas ninguém sabe nada de Susana Márquez."

Uma alusão do juiz de paz de Bragado, irmão mais moço de um falecido amigo de Claudio Romero, o pusera na pista. Alguém que trabalhava no registro civil de La Plata facilitou-lhe, depois de não poucas buscas, um endereço em Pilar. A filha de Susana Márquez era uma mulher de uns trinta anos, pequena e suave. No começo recusou-se a falar, sob o pretexto de que tinha de cuidar do negócio (uma quitanda); depois concordou que Fraga passasse para a sala, sentasse numa cadeira empoeirada e lhe fizesse perguntas. No começo olhava para ele sem responder; depois chorou um pouco, passou o lenço nos olhos e falou de sua pobre mãe. Fraga achava difícil dar-lhe a entender que já sabia alguma coisa da relação entre Claudio Romero e Susana, mas acabou concordando em que o amor de um poeta bem vale uma certidão de casamento, e o insinuou com a devida delicadeza. Após alguns minutos de jogar flores no caminho, viu-a dirigir-se a ele totalmente convencida e até emocionada. Um momento depois tinha em mãos uma fotografia extraordinária de Romero, jamais publicada, e outra menor e amarelada onde, ao lado do poeta, se via uma mulher tão miúda e de ar tão suave como a filha.

— Também guardo umas cartas — disse Raquel Márquez. Se servirem, já que o senhor diz que vai escrever sobre ele...

Procurou algum tempo, escolhendo entre um monte de papéis que tirara de uma estante de música, e acabou lhe dando três cartas que Fraga guardou sem ler, depois de assegurar-se de que eram de punho e letra de Romero. Já a essa altura da conversa tinha certeza de que Raquel não era filha do poeta, porque na primeira insinuação a viu abaixar a cabeça e ficar algum tempo calada, como pensando. Depois explicou que a mãe se casara mais tarde com um militar de Balcarce ("a cidade de Fangio", disse, quase como se fosse uma prova), e que ambos morreram quando tinha apenas oito anos. Lembrava-se muito bem da mãe, mas não muito do pai. Era um homem severo, isso sim.

Quando Fraga voltou a Buenos Aires e leu as três cartas de Claudio Romero a Susana, os fragmentos finais do mosaico pareceram inserir-se repentinamente em seu lugar, revelando uma composição totalmente inesperada, o drama que a ignorância e a hipocrisia da geração do poeta sequer suspeitaram. Em 1917 Romero publicara a série de poemas dedicados a Irene Paz, entre os quais figurava a célebre "Ode a teu nome duplo", que a crítica proclamara o mais belo poema de amor jamais escrito na Argentina. E entretanto, um ano antes da publicação do livro, outra mulher recebera aquelas três cartas impregnadas do tom que definia a melhor poesia de Romero, mistura de exaltação e desprendimento, como de alguém que fosse ao mesmo tempo motor e sujeito da ação, protagonista e coro. Antes de ler as cartas Fraga suspeitara que se tratasse da habitual correspondência amorosa, os espelhos face a face isolando e petrificando seu reflexo, importante só para eles. Ao contrário, descobria em cada parágrafo a reiteração do mundo de Romero, a riqueza de uma visão totalizante do amor. Não somente sua paixão por Susana Márquez não o isolava do mundo, como em cada linha se sentia latejar uma realidade que agigantava a amada, justificação e exigência de uma poesia batalhando em plena vida.

A história em si era simples. Romero conhecera Susana num desenxabido salão literário de La Plata, e o início de sua relação coincidiu com um eclipse quase total do poeta, que seus parvos biógrafos não explicavam ou atribuíam aos primeiros sinais da tísica que iria matá-lo dois anos depois. As notícias sobre Susana passaram despercebidas a todo mundo, como convinha à sua apagada imagem, aos grandes olhos assustados que olhavam fixo da velha fotografia. Professora normalista sem cargo, filha única de pais velhos e pobres, carente de amigos que pudessem se interessar por ela, seu simultâneo eclipse das tertúlias de La Plata coincidira com o período mais dramático da guerra europeia, outros interesses públicos, novas vozes literárias. Fraga podia considerar-se afortunado por ter ouvido a alusão indiferente de um juiz de paz do interior; com esse fio entre os dedos, chegou a localizar a lúgubre casa de Buzarco onde Romero e Susana moraram quase dois anos; as cartas que Raquel Márquez lhe confiara correspondiam ao fim daquele período. A primeira, datada de La Plata, referia-se a uma correspondência anterior, na qual se tratara de seu casamento com Susana. O poeta confessava sua angústia por sentir-se doente, e sua resistência ao casamento com quem teria de ser uma enfermeira em vez de uma esposa. A segunda carta era admirável, a paixão cedia terreno à consciência de uma pureza quase insuportável, como se Romero lutasse por despertar em sua amante uma lucidez análoga, que tornasse menos penoso o rompimento necessário. Uma frase resumia tudo: "Ninguém tem por que saber de nossa vida, e eu lhe ofereço a liberdade com o silêncio. Livre, você será ainda mais minha para a eternidade. Se nos casássemos, me sentiria seu verdugo cada vez que entrasse em meu quarto com uma flor na mão." E acrescentava duramente: "Não quero tossir na sua cara, não quero que enxugue meu suor. Outro corpo conheceu, outras rosas lhe dei. Preciso da noite para mim só, não a deixarei me ver chorar." A terceira carta era mais serena, como se Susana tivesse começado a aceitar o sacrifício do poeta. Em certo ponto, dizia: "Você insiste em que eu a domino, em que a obrigo a fazer minha vontade... Mas minha vontade é seu futuro, deixe-me semear estas sementes que me consolarão de uma morte estúpida."

Na cronologia estabelecida por Fraga, a vida de Claudio Romero entrava a partir daquele momento numa etapa monótona, de reclusão quase contínua em casa de seus pais. Nenhuma outra testemunha permitia supor que o poeta e Susana Márquez haviam voltado a se encontrar, embora também não se pudesse afirmar o contrário; entretanto, a melhor prova de que a renúncia de Romero se consumara, e de que Susana preferira finalmente a liberdade a se condenar com o doente, era a ascensão do novo e resplandecente planeta no céu da poesia de Romero. Um ano depois daquela correspondência e daquela renúncia, uma revista de Buenos Aires publicava a "Ode a teu nome duplo", dedicada a Irene Paz. A saúde de Romero parecia ter se afirmado, e o poema, que ele mesmo lera em alguns salões, trouxe-lhe de repente a glória que sua obra anterior preparava quase secretamente. Como Byron, pôde dizer que uma manhã tinha acordado para descobrir que era célebre, e não deixou de dizê-lo. Mas, ao contrário do que era de esperar, a paixão do poeta por Irene Paz não foi correspondida, e, a julgar por uma série de episódios mundanos contraditoriamente narrados ou julgados pelos entendidos da época, o prestígio pessoal do poeta declinou repentinamente, obrigando-o a retrair-se outra vez em casa dos pais, afastado dos amigos e admiradores. Dessa época data seu último livro de poemas. Uma hemoptise brutal o surpreendeu em plena rua poucos meses depois, e Romero morreu daí a três semanas. Seu enterro reuniu um grupo de escritores, mas pelo tom das orações fúnebres e das crônicas era evidente que o mundo a que pertencia Irene Paz não estivera presente nem rendera a homenagem que caberia esperar nessas circunstâncias.

Fraga não tinha dificuldade em compreender que a paixão de Romero por Irene Paz deveria ter deleitado e escandalizado em igual medida o mundo aristocrático de La Plata e portenho. Sobre Irene não conseguira formar uma ideia precisa: de sua beleza davam conta as fotografias de seus vinte anos, mas o resto eram simples notícias das colunas sociais. Herdeira fiel das tradições dos Paz, era possível imaginar sua atitude perante Romero; deve tê-lo encontrado em algum sarau que os seus ofereciam de vez em quando para ouvir os que eram chamados, marcando as aspas com a voz, os "artistas" e os "poetas" do momento. Se a "Ode" lhe agradou, se a admirável invocação inicial lhe mostrou como um relâmpago a verdade de uma paixão que a reclamava contra todos os obstáculos, talvez só Romero pôde sabê-lo, e ainda isso não era certo. Mas nesse ponto Fraga entendia que o problema deixava de existir e que perdia toda importância. Claudio Romero tinha sido lúcido demais para imaginar um só instante que sua paixão seria correspondida. A distância, as barreiras de toda ordem, a inacessibilidade total de Irene sequestrada na prisão dupla de sua família e de si mesma, fiel espelho da casta, a tornavam desde o começo inatingível. O tom da "Ode" era inequívoco e ia muito além das imagens correntes da poesia amorosa. Romero chamava a si mesmo "o Ícaro de teus pés de mel" — imagem que lhe valera as zombarias de um crítico de *Caras y Caretas* —, e o poema não era mais que um salto supremo em busca do ideal impossível e por isso mais belo, a ascensão através dos versos num voo desesperado para o sol que ia queimá-lo e precipitá-lo na morte. Inclusive a retirada e o silêncio final do poeta se assemelhavam vivamente às fases de uma queda, de um retorno lamentável à terra que ousara abandonar por um sonho superior a suas forças.

"Sim", pensou Fraga, servindo-se de outro copo de vinho, "tudo coincide, tudo se ajusta; agora é só escrever."

O êxito de a *Vida de um poeta argentino* superou tudo o que tinham podido imaginar o autor e os editores. Pouco comentado nas primeiras semanas, um artigo inesperado em *La Razón* despertou os portenhos de sua pachorra cautelosa e os incitou a uma tomada de posição que poucos se recusaram a assumir. *Sur, La Nación*, os melhores jornais das províncias, apossaram-se do assunto do momento que invadiu em seguida as conversas de café e as sobremesas. Duas polêmicas violentas (sobre a influência de Darío em Romero, e uma questão cronológica) se somaram para interessar o público. A primeira edição de a *Vida* esgotou-se em dois meses; a segunda, em um mês e meio. Obrigado pelas circunstâncias e as vantagens que lhe eram oferecidas, Fraga concordou numa adaptação teatral e outra radiofônica. Chegou-se àquele momento em que o interesse e a novidade em torno de uma obra alcançam o ápice temível após o qual já se esconde o desconhecido sucessor; acertadamente, e como se se propusesse reparar uma injustiça, o Prêmio Nacional abriu caminho até Fraga pela via de dois amigos que se adiantaram aos chamados telefônicos e ao coro berrante das primeiras felicitações. Rindo, Fraga recordou que a concessão do Prêmio Nobel não impedira Gide, naquela mesma noite, de assistir a um filme de Fernandel; talvez por isso o divertiu isolar-se em casa de um amigo e evitar a primeira avalancha do entusiasmo coletivo com uma tranquilidade que seu próprio cúmplice no amistoso sequestro achou excessiva e quase hipócrita. Mas naqueles dias Fraga andava apreensivo, sem explicar por que nascia dentro dele uma espécie de desejo de solidão, de estar à margem de sua imagem pública que, graças à fotografia e ao rádio, atingia os extramuros, ascendia aos círculos provincianos e se tornava presente nos meios estrangeiros. O Prêmio Nacional não era uma surpresa, apenas um desagravo. Agora viria o resto, o que no fundo o animara a escrever a *Vida*. Não se enganava: uma semana depois, o ministro das Relações Exteriores o recebia em casa ("os diplomatas sabem que os bons escritores fogem do aparato oficial") e lhe propunha um cargo de adido cultural na Europa. Tudo tinha um ar quase onírico, ia de tal maneira contra a corrente que Fraga tinha de se esforçar para aceitar plenamente a subida na escada das honrarias; degrau após degrau, partindo das primeiras resenhas, do sorriso e dos abraços do editor, dos convites dos ateneus e círculos, chegava já o patamar de onde, apenas inclinando-se, podia alcançar a totalidade do salão mundano, alegoricamente dominá-lo e esquadrinhá-lo até o último canto, até a última gravata branca e a última chinchila dos protetores da literatura entre porções e porções de foie gras e Dylan Thomas. Mas para além — ou aquém, dependendo do ponto de vista, do estado de ânimo momentâneo — via também a multidão humilde, a variedade dos devoradores de revistas, dos telespectadores e rádio-ouvintes, da chusma que um dia sem saber como nem por que se submete ao imperativo de comprar uma máquina de lavar ou um romance, um objeto de oitenta pés cúbicos ou trezentas e dezoito páginas, e o compra imediatamente, fazendo qualquer sacrifício, leva-o para casa onde a mulher e os filhos esperam ansiosos porque a vizinha já o tem, porque o comentarista da moda na Rádio El Mundo tornou a elogiá-lo em seu programa das onze e cinquenta e cinco. O assombroso era que seu livro ingressara no catálogo das coisas que é preciso comprar e ler, depois de tantos anos em que a vida e a obra de Claudio Romero foram uma simples mania de intelectuais, isto é, de quase ninguém. Mas quando, uma ou outra vez, tornava a sentir a necessidade de ficar a sós e pensar no que estava acontecendo (agora era a semana dos contatos com produtores cinematográficos), o assombro inicial cedia a uma expectativa inquieta não sabia de quê. Nada podia acontecer que não fosse outro degrau da escada das honrarias, salvo o dia inevitável em que, como nas pontes de jardim, ao último degrau ascendente se seguisse o caminho da descida, o caminho respeitável para a saciedade do público e sua virada à procura de novas emoções. Quando precisou se isolar para preparar o discurso de recepção do Prêmio Nacional, a síntese das vertiginosas experiências daquelas semanas se resumia a uma satisfação irônica pelo que seu êxito tinha de desforra, mitigada por aquela inquietação inexplicável que em certos momentos subia à superfície e procurava projetá-lo para um território que seu sentido do equilíbrio e do humor recusavam abertamente. Pensou que a preparação da conferência lhe devolveria o prazer do trabalho, e foi escrevê-la na quinta de Ofelia Fernández, onde estaria tranquilo. Era no fim do verão, o parque já tinha as cores do outono que gostava de contemplar do saguão, enquanto conversava com Ofelia e acariciava os cachorros. Num quarto do primeiro andar o esperava seu material de trabalho; quando levantou a tampa do fichário principal, percorrendo-o distraidamente como um pianista que ensaia, Fraga disse consigo mesmo que tudo estava bem, que, apesar da vulgaridade inevitável de qualquer sucesso literário em grande escala, a *Vida* era um ato de justiça, uma homenagem à raça e à pátria. Podia sentar-se para escrever sua conferência, receber o prêmio, preparar a viagem à Europa. Datas e cifras se misturavam em sua memória com cláusulas de contratos e convites para jantar. Em breve entraria Ofelia com uma garrafa de xerez, se aproximaria silenciosa e atenta, o olharia trabalhar. Sim, tudo estava bem. Só era preciso tomar uma folha de papel, orientar a luz, acender um charuto ouvindo a distância o grito de um quero-quero.

Nunca soube exatamente se a revelação se produzira naquele momento ou mais tarde, depois de fazer amor com Ofelia, enquanto fumavam de costas na cama olhando para uma estrelinha verde no alto do janelão. A invasão, se fosse preciso chamá-la dessa maneira (mas seu verdadeiro nome ou natureza não interessavam), pôde coincidir com a primeira frase da conferência, redigida rapidamente até um ponto em que se interrompera de repente, substituída, varrida por uma espécie de vento que lhe tirava de repente todo sentido. O resto fora um longo silêncio, mas talvez tudo já fosse percebido quando desceu da sala, percebido e não formulado, pesando como uma dor de cabeça ou um começo de gripe. Inapreensivelmente, num momento indefinível, o peso confuso, o vento negro se transformaram numa certeza: a *Vida* era falsa, a história de Claudio Romero nada tinha a ver com o que escrevera. Sem razões, sem provas: tudo falso. Depois de anos de trabalho, de coletar dados, de seguir pistas, de evitar excessos pessoais: tudo falso. Claudio Romero não se sacrificara por Susana Márquez, não lhe devolvera a liberdade à custa de sua renúncia, não tinha sido o Ícaro dos pés de mel de Irene Paz. Como se nadasse debaixo da água, incapaz de voltar à superfície, fustigado pelo estrondo da correnteza em seus ouvidos, conhecia a verdade. E não bastava como tortura; atrás, ainda mais embaixo, numa água que já era barro e lixo, arrastava-se a certeza que conhecera desde o primeiro momento. Inútil acender outro cigarro, pensar na neurastenia, beijar os finos lábios que Ofelia lhe oferecia na sombra. Inútil alegar que a excessiva dedicação a seu herói podia provocar aquela alucinação momentânea, aquela rejeição por excesso de entrega. Sentia a mão de Ofelia acariciando seu peito, o calor entrecortado de sua respiração. Inexplicavelmente, dormiu.

De manhã olhou o fichário aberto, os papéis, e lhe foram mais alheios que as sensações da noite. Embaixo, Ofelia se ocupava em telefonar para a estação a fim de indagar a conexão de trens. Chegou a Pilar por volta das onze e meia, e foi diretamente à quitanda. A filha de Susana o recebeu com um estranho ar de ressentimento e bajulação simultâneos, como de cachorro depois de um pontapé. Fraga pediu que lhe concedesse cinco minutos, e tornou a entrar na sala empoeirada e a sentar-se na mesma cadeira de forro branco. Não precisou falar muito porque a filha de Susana, depois de enxugar algumas lágrimas, começou a aprovar com a cabeça baixa, inclinando-se cada vez mais para a frente.

— Sim senhor, é isso mesmo. Sim senhor.
— Por que não me disse da primeira vez?

Era difícil explicar por que ela não dissera da primeira vez. Sua mãe lhe fizera jurar que nunca falaria de certas coisas, e como depois se casara com o suboficial de Balcarce, então... Quase pensara em escrever-lhe quando começaram a falar tanto do livro sobre Romero, porque...

Olhava para ele perplexa, e, de quando em quando, uma lágrima lhe escorria até a boca.

— E como foi que soube? — perguntou depois.

— Não se preocupe com isso — disse Fraga. — Tudo se sabe algum dia.

— Foi por isso que o senhor escreveu o livro tão diferente. Eu li, sabe. Eu o tenho.

— A culpa de que seja diferente é sua. Existem outras cartas de Romero a sua mãe. Você me deu as que lhe convinham, as que davam uma melhor imagem de Romero e também de sua mãe. Preciso das outras cartas, agora mesmo. Dê-me.

— É só uma — disse Raquel Márquez. — Mas mamãe me fez jurar, senhor.

— Se a guardou sem queimá-la é porque não lhe importava tanto. Dê-me. Eu a compro.

— Senhor Fraga, não é por isso que eu não lhe dou...

— Tome — disse Fraga brutalmente. — Não será vendendo abóboras que vai conseguir esta quantia.

Enquanto a via inclinar-se em cima da estante de música, remexendo papéis, pensou que o que sabia agora já o tinha sabido (de outra maneira, talvez, mas tinha sabido) no dia de sua primeira visita a Raquel Márquez. A verdade não o tomava completamente de surpresa, e agora podia julgar-se retrospectivamente e perguntar-se, por exemplo, por que tinha abreviado de tal maneira sua primeira entrevista com a filha de Susana, por que tinha aceitado as três cartas de Romero como se fossem as únicas, sem insistir, sem oferecer alguma coisa em troca, sem ir até o fundo do que Raquel sabia e calava. "É absurdo", pensou. "Naquele momento eu não podia saber que Susana tinha chegado a ser uma prostituta por causa de Romero." Mas por que, então, tinha abreviado deliberadamente sua conversa com Raquel, dando-se por satisfeito com as fotografias e as três cartas? "Oh, sim, sabia disso, sei lá como, mas sabia, e escrevi o livro sabendo, e talvez os leitores também saibam, e a crítica saiba, e tudo seja uma imensa mentira na qual estamos metidos até o fim..." Mas era fácil sair-se pela via das generalizações, não aceitar senão uma pequena parte da culpa. Também mentira: só havia um culpado, ele.

A leitura da carta foi uma simples sobreimpressão de palavras em algo que Fraga já conhecia de outro ângulo e que a prova epistolar só podia reforçar em caso de polêmica. Caída a máscara, um Claudio Romero quase feroz assomava naquelas frases terminantes, de uma lógica irresponsável. Condenando de fato Susana à suja profissão que teria de arrastar em seus últimos anos, e à qual se aludia explicitamente em duas passagens, impunha-lhe para sempre o silêncio, a distância e o ódio, empurrava-a com sarcasmo e ameaças para um plano inclinado que ele mesmo preparara em dois anos de lenta, minuciosa corrupção. O homem que se comprazia em escrever umas semanas antes: "Preciso da noite para mim só, não a deixarei me ver chorar", arrematava agora um parágrafo com uma alusão torpe cujo efeito devia prever malignamente, e acrescentava recomendações e conselhos irônicos, ligeiras despedidas interrompidas por ameaças explícitas no caso de que Susana pretendesse vê-lo outra vez. Já nada daquilo surpreendia Fraga, mas ficou algum tempo com o ombro encostado à janela do trem, a carta na mão, como se alguma coisa nele lutasse por despertar de um pesadelo insuportavelmente lento. "E isso explica o resto", ouviu-se pensando. O resto era Irene Paz, a "Ode a teu nome duplo", o fracasso final de Claudio Romero. Sem provas nem razões, mas com uma certeza muito mais profunda do que a que podia emanar de uma carta ou de uma testemunha qualquer, os dois últimos anos da vida de Romero se ordenavam dia a dia na memória — se algum nome havia de lhe dar — de quem aos olhos dos passageiros do trem de Pilar devia ser um senhor que bebeu um vermute a mais. Quando desceu na estação eram quatro da tarde e começava a chover. A charrete que o trazia de volta à quinta estava fria e cheirava a couro rançoso. Quanta sensatez habitara sob a altiva testa de Irene Paz, de que longa experiência aristocrática nascera a negativa de seu mundo. Romero fora capaz de dominar uma pobre mulher, mas não tinha as asas de Ícaro que seu poema pretendia. Irene, ou nem ela, sua mãe ou seus irmãos haviam adivinhado instantaneamente a tentativa do arrivista, o salto grotesco do rastaquera que começa por negar sua origem, matando-a se for necessário (e aquele crime se chamava Susana Márquez, uma professora normalista). Bastara-lhes um sorriso, recusar um convite, ir para a fazenda, as afiadas armas do dinheiro e os empregados com instruções. Não se incomodaram sequer em assistir ao enterro do poeta.

Ofelia, esperava no saguão. Fraga lhe disse que tinha de começar a trabalhar em seguida. Quando chegou diante da página iniciada na noite anterior, com um cigarro entre os lábios e um enorme cansaço que lhe afundava os ombros, disse consigo mesmo que não sabia nada. Era como antes de escrever a *Vida*, e ele continuava sendo dono das chaves. Sorriu apenas, e começou a escrever sua conferência. Muito mais tarde percebeu que em algum momento da viagem tinha perdido a carta de Romero.

Qualquer pessoa pode ler nos arquivos dos jornais portenhos os comentários suscitados pela cerimônia de entrega do Prêmio Nacional, na qual Jorge Fraga provocou deliberadamente a confusão e a ira das cabeças bem pensantes ao apresentar da tribuna uma versão absolutamente despropositada da vida do poeta Claudio Romero. Um cronista assinalou que Fraga dava a impressão de estar indisposto (mas o eufemismo era claro), entre outras coisas porque várias vezes falara como se fosse o próprio Romero, corrigindo-se imediatamente mas recaindo na aberração absurda um momento depois. Outro cronista fez notar que Fraga tinha umas poucas folhas de papel rabiscadas que mal olhara no transcurso da conferência, dando a sensação de ser seu próprio ouvinte, aprovando ou desaprovando certas frases apenas pronunciadas, até provocar uma crescente e por fim insuportável irritação no vasto auditório que se reunira com a intenção expressa de aplaudi-lo. Outro redator dava conta da violenta altercação entre Fraga e o doutor Jovellanos no final da conferência, enquanto grande parte do público abandonava a sala entre exclamações de censura, e assinalava com pesar que, à intimação do doutor Jovellanos no sentido de que apresentasse provas convincentes das temerárias afirmações que caluniavam a sagrada memória de Claudio Romero, o conferencista encolhera os ombros, acabando por levar uma mão à testa como se as provas exigidas não passassem de sua imaginação, e por último ficara imóvel, olhando para o ar, tão alheio à tumultuosa retirada do público como aos provocadores aplausos e felicitações de um grupo de jovens e humoristas que pareciam achar admirável aquela maneira particular de receber um Prêmio Nacional.

Quando Fraga chegou à quinta duas horas depois, Ofelia estendeu-lhe em silêncio uma longa lista de ligações telefônicas, desde uma da Chancelaria até outra de um irmão com quem não se dava. Olhou distraidamente a série de nomes, alguns sublinhados, outros mal escritos. A folha se desprendeu de sua mão e caiu em cima do tapete. Sem levantá-la, começou a subir a escada que conduzia à sua sala de trabalho.

Muito mais tarde Ofelia o ouviu andar pela sala. Deitou-se e tratou de não pensar. Os passos de Fraga iam e vinham, interrompendo-se às vezes como se por um momento ficasse de pé no escritório, consultando alguma coisa. Uma hora depois ouviu-o descer a escada, aproximar-se do quarto. Sem abrir os olhos, sentiu o peso de seu corpo que se deixava escorregar de costas junto dela. Uma mão fria apertou sua mão. Na escuridão, Ofelia beijou-o no rosto.

— A única coisa que não entendo — disse Fraga, como se não falasse com ela — é por que foi que demorei tanto a saber que eu soubera sempre tudo aquilo. É idiota supor que sou um médium, não tenho absolutamente nada a ver com ele. Até uma semana atrás não tinha nada a ver com ele.

— Se você pudesse dormir um pouco — disse Ofelia.

— Não, preciso encontrá-lo. Há duas coisas: isso que não entendo, e o que vai começar amanhã, o que já começou hoje à tarde. Estou liquidado, você compreende, jamais me perdoarão por lhes ter posto o ídolo nos braços e agora o faça voar em pedaços. Repare que tudo é absolutamente imbecil, Romero continua sendo o autor dos melhores poemas dos anos vinte. Mas os ídolos não podem ter pés de barro, e com a mesma vulgaridade meus queridos colegas vão me dizer isso amanhã.

— Mas se você pensou que seu dever era proclamar a verdade...

— Eu não pensei, Ofelia. Apenas fiz. Ou alguém o fez por mim. De repente não havia outro caminho depois daquela noite. Era a única coisa que se podia fazer.

— Talvez fosse preferível ter esperado um pouco — disse temerosamente Ofelia. — Assim, de repente, na cara de...

Ia dizer: "do ministro", e Fraga ouviu as palavras tão claramente como se as tivesse pronunciado. Sorriu, acariciou-lhe a mão. Pouco a pouco as águas começavam a baixar, no entanto algo obscuro tratava de manifestar-se, de definir-se. O longo, angustiado silêncio de Ofelia ajudou-o a sentir-se melhor, olhando a escuridão com os olhos bem abertos. Jamais compreenderia por que não tinha percebido antes que tudo era percebido mesmo que continuasse negando que ele também era um canalha, tão canalha como o próprio Romero. A ideia de escrever o livro já encerrara o propósito de uma desforra social, de um triunfo fácil, da reivindicação de tudo o que ele merecia e que outros mais oportunistas lhe tiravam. Aparentemente rigorosa, a *Vida* nascera armada de todos os recursos necessários para abrir caminho nas vitrines das livrarias. Cada etapa do triunfo esperava, minuciosamente preparada em cada capítulo, em cada frase. Sua irônica, quase desencantada, aceitação progressiva daquelas etapas não passava de uma das muitas máscaras da infâmia. Atrás da coberta anódina da *Vida* já se tinham abrigado o rádio, a TV, os filmes, o Prêmio Nacional, o cargo diplomático na Europa, o dinheiro e os convites. Só que alguma coisa não prevista esperara até o fim para descarregar-se em cima da máquina minuciosamente montada e fazê-la ir pelos ares. Era inútil querer pensar naquela coisa, inútil ter medo, sentir-se possuído pelo demônio.

— Não tenho nada a ver com ele — repetiu Fraga, fechando os olhos. — Não sei como aconteceu, Ofelia, não tenho nada a ver com ele.

Sentiu que ela chorava em silêncio.

— Mas então é ainda pior. Como uma infecção debaixo da pele, dissimulada por tanto tempo e que de repente estoura e espirra sangue podre em você. Cada vez que eu tinha de escolher, decidir sobre a conduta daquele homem, escolhia o reverso, o que ele pretendia fazer acreditar enquanto estava vivo. Minhas escolhas eram as dele, quando qualquer um teria podido decifrar outra verdade em sua vida, em suas cartas, naquele último ano em que a morte o ia encurralando e despindo. Não quis me dar conta, não quis mostrar a verdade porque então, Ofelia, então Romero não teria sido o personagem que me fazia falta como fizera falta a ele para armar a lenda, para...

Calou-se, mas tudo continuava ordenando-se e cumprindo-se. Agora alcançava no mais íntimo sua identidade com Claudio Romero, que nada tinha a ver com o sobrenatural. Irmãos na farsa, na mentira esperançosa de uma ascensão fulgurante, irmãos na brutal queda que os fulminava e destruía. Clara e simplesmente Fraga sentiu que qualquer pessoa como ele seria sempre Claudio Romero, que os Romero de ontem e de amanhã seriam sempre Jorge Fraga. Tal como temera numa noite distante de setembro, tinha escrito sua autobiografia dissimulada. Teve vontade de rir, e ao mesmo tempo pensou na pistola que guardava na escrivaninha.

Nunca soube se foi naquele momento ou mais tarde que Ofelia disse: "A única coisa que interessa é que hoje você lhes mostrou a verdade." Não lhe ocorrera pensar isso, evocar outra vez a hora quase incrível em que falara diante de caras que passavam progressivamente do sorriso de admiração ou cortês ao cenho franzido, à careta desdenhosa, ao braço que se levanta em sinal de protesto. Mas era a única coisa que interessava, a única coisa certa e sólida de toda a história; ninguém podia tirar-lhe aquela hora em que triunfara de verdade, para além dos simulacros e de seus ávidos sustentáculos. Quando se inclinou sobre Ofelia para acariciar-lhe o cabelo, pareceu-lhe que ela era um pouco Susana Márquez, que sua carícia a salvava e a retinha junto de si. E ao mesmo tempo o Prêmio Nacional, o cargo na Europa e as honrarias eram Irene Paz, algo que era necessário rejeitar e abolir se não quisesse se afundar de todo em Romero, miseravelmente identificado até o fim com um falso herói de imprensa e radioteatro.

Mais tarde — a noite girava lentamente com seu céu fervilhando de estrelas — outros ruídos se misturaram no interminável solitário da insônia. A manhã traria as ligações telefônicas, os jornais, o escândalo bem armado em duas colunas. Achou insensato ter pensado por um momento que tudo estivesse perdido, quando bastava um mínimo de presteza e habilidade para ganhar a partida de ponta a ponta. Tudo dependia de umas poucas horas, de algumas entrevistas. Se quisesse, o cancelamento do prêmio, a recusa da Chancelaria em confirmar sua proposta podiam transformar-se em notícias que o lançariam no mundo internacional das grandes triagens e das traduções. Mas podia também continuar na cama, de costas, sem querer ver ninguém, refugiar-se meses na quinta, refazer e continuar seus antigos estudos filológicos, suas melhores e já apagadas amizades. Em seis meses estaria esquecido, admiravelmente suprido pelo mais estúpido jornalista de turno no cartaz do sucesso. Os dois caminhos eram igualmente simples, igualmente seguros. Tudo era questão de decidir. E, embora já estivesse decidido, continuou pensando por pensar, escolhendo e dando-se razões para sua escolha, até que o amanhecer começou a esfregar-se na janela, no cabelo de Ofelia dormindo, e o seibo do jardim recortou-se impreciso, como um futuro que coalha em presente, endurece pouco a pouco, entra em sua forma diurna, aceita-a e a defende e a condena à luz da manhã.

Manuscrito achado num bolso

Agora que escrevo, para outros isto podia ter sido a roleta ou o hipódromo, mas não era dinheiro que eu procurava, em dado momento tinha começado a sentir, a decidir que uma vidraça de janela no metrô podia me trazer a resposta, o encontro com uma felicidade, precisamente aqui, onde tudo acontece sob o signo da mais implacável ruptura, dentro de um tempo subterrâneo que um trajeto entre estações desenha e limita assim inapelavelmente embaixo. Digo ruptura para compreender melhor (teria de compreender tantas coisas desde que comecei a jogar o jogo) aquela esperança de uma convergência que talvez me fosse dada no reflexo em uma vidraça de janela. Ultrapassar a ruptura que as pessoas não parecem observar embora sabe-se lá o que pensam essas pessoas agoniadas que sobem e descem dos vagões do metrô, o que procura além do transporte essa gente que sobe antes ou depois para descer depois ou antes, que só coincide numa zona do vagão onde tudo está decidido por antecipação sem que ninguém possa saber se sairemos juntos, se eu descerei em primeiro lugar ou esse homem magro com um rolo de papéis, se a velha de verde continuará até o fim, se esses meninos descerão agora, é claro que descerão, porque recolhem seus cadernos e suas réguas, aproximam-se rindo e brincando da porta enquanto lá no canto uma jovem se instala para demorar, para permanecer ainda por muitas estações no assento enfim livre, e aquela outra jovem é imprevisível, Ana era imprevisível, mantinha-se muito tesa contra o encosto no assento da janela, já estava lá quando subi na estação Etienne Marcel e um negro abandonou o assento em frente e a ninguém pareceu interessar e eu pude escorregar com uma vaga desculpa por entre os joelhos dos dois passageiros sentados nos assentos externos e fiquei defronte de Ana e quase em seguida, porque tinha descido ao metrô para jogar mais uma vez o jogo, procurei o perfil de Margrit no reflexo da vidraça da janela e pensei que era bonita, que eu gostava de seu cabelo preto com uma espécie de asa breve que penteava em diagonal à testa.

Não é verdade que o nome de Margrit ou o de Ana viessem depois ou que sejam agora uma maneira de diferenciá-las por escrito, coisas assim eram decididas instantaneamente pelo jogo, quero dizer que de maneira alguma o reflexo na vidraça da janela podia chamar-se Ana, assim como também não podia chamar-se Margrit a jovem sentada diante de mim sem me olhar, com os olhos perdidos no fastio daquele interregno em que todo mundo parece consultar uma área de visão que não é a circundante, salvo as crianças que olham fixo e em cheio para as coisas até o dia em que lhes ensinam a situar-se também nos interstícios, a olhar sem ver com aquela ignorância cortês de toda presença vizinha, de todo contato sensível, cada qual instalado em sua bolha, alinhado entre parênteses, cuidando em manter o mínimo de espaço entre joelhos e cotovelos alheios, refugiando-se no *France-Soir* ou em livros de bolso, embora quase sempre como Ana, uns olhos se situando no oco entre o verdadeiramente observável, naquela distância neutra e estúpida que ia de minha cara à do homem concentrado no *Figaro*. Mas então Margrit, se eu podia prever alguma coisa era que em dado momento Ana se voltaria distraída para a janela e então Margrit veria meu reflexo, o cruzamento de olhares nas imagens daquela vidraça onde a escuridão do túnel põe seu mercúrio atenuado, sua felpa roxa e móvel que dá às caras uma vida em outros planos, tira-lhes aquela horrível máscara de giz das luzes municipais do vagão e sobretudo, oh, sim, você não poderia negar, Margrit, as obriga a olhar de verdade aquela outra cara do vidro porque durante o tempo instantâneo do olhar duplo não há censura, meu reflexo na vidraça não era o homem sentado defronte de Ana e que Ana não devia olhar em cheio num vagão de metrô, e ademais quem estava olhando meu reflexo já não era Ana e sim Margrit no momento em que Ana desviara rapidamente o olhar do homem sentado defronte dela porque não ficava bem que olhasse para ele, e ao voltar-se para o vidro da janela tinha visto meu reflexo que esperava aquele instante para sorrir ligeiramente sem insolência nem esperança quando o olhar de Margrit caísse como um pássaro em seu olhar. Deve ter durado um segundo, talvez um pouco mais porque senti que Margrit havia percebido aquele sorriso que Ana reprovava embora não fosse mais que por causa do gesto de baixar o rosto, de examinar vagamente o fecho de sua bolsa de couro vermelho; e era quase justo continuar sorrindo se bem que Margrit já não me olhasse porque de alguma maneira o gesto de Ana acusava meu sorriso, seguia-a sabendo e já não era necessário que ela ou Margrit olhassem para mim aplicadamente concentradas na miúda tarefa de experimentar o fecho da bolsa vermelha.

Assim foi com Paula (com Ofelia) e com tantas outras que se tinham concentrado na tarefa de verificar um fecho, um botão, a dobra de uma revista, mais uma vez foi o poço onde a esperança se enredava com o temor numa intensa cãibra de aranhas até a morte, onde o tempo começava a latejar como um segundo coração no pulso do jogo; desde esse momento cada estação do metrô era uma trama diferente do futuro porque o jogo decidira daquela maneira; o olhar de Margrit e meu sorriso, o recuo instantâneo de Ana à contemplação do fecho da bolsa eram a abertura de uma cerimônia que um belo dia começara a celebrar contra tudo quanto fosse razoável, preferindo os piores desencontros às correntes estúpidas de uma casualidade cotidiana. Explicá-lo não é difícil mas jogá-lo tinha muito de combate às cegas, trêmula suspensão coloidal na qual todo itinerário erguia uma árvore de imprevisível percurso. Um plano do metrô de Paris define em seu esqueleto mondrianesco, em seus galhos vermelhos, amarelos, azuis e pretos uma vasta porém limitada superfície de subtendidos pseudópodes; e aquela árvore está viva vinte horas em cada vinte e quatro, uma seiva atormentada a percorre com finalidades precisas, a que desce em Châtelet ou sobe em Vaugirard, a que em Odéon muda para continuar até La Motte-Picquet, as duzentas, trezentas, sabe-se lá quantas possibilidades de combinação para que cada célula codificada e programada ingresse num setor da árvore e aflore em outro, saia das Galeries Lafayette para depositar um embrulho de toalhas ou um abajur num terceiro andar da rue Gay-Lussac.

Minha regra do jogo era maniacamente simples, era bela, estúpida e tirânica, se eu gostava de uma mulher, se eu gostava de uma mulher sentada à minha frente, se eu gostava de uma mulher sentada em frente a mim junto da janela, se seu reflexo na janela cruzava o olhar com meu reflexo na janela, se meu sorriso no reflexo da janela perturbava ou agradava ou rejeitava o reflexo da mulher na janela, se Margrit me via sorrir e então Ana baixava a cabeça e começava a examinar atentamente o fecho de sua bolsa vermelha, então havia jogo, dava exatamente na mesma que o sorriso fosse aceito ou respondido ou ignorado, o primeiro tempo da cerimônia não ia além disso, um sorriso registrado por quem o havia merecido. Então começava o combate no poço, as aranhas no estômago, a espera com seu pêndulo de estação em estação. Lembro-me de como acordei naquele dia: agora eram Margrit e Ana, mas uma semana atrás tinham sido Paula e Ofelia, a moça loura descera numa das piores estações, Montparnasse-Bienvenue, que abre sua hidra malcheirosa às máximas possibilidades de fracasso. Minha conexão era com a linha da Porte de Vanves e quase em seguida, no primeiro corredor, compreendi que Paula (que Ofelia) tomaria o corredor que levava à conexão com a Mairie d'Issy. Impossível fazer alguma coisa, só olhar para ela pela última vez no cruzamento dos corredores, vê-la afastar-se, descer uma escada. A regra do jogo era aquela, um sorriso na vidraça da janela e o direito de seguir uma mulher e esperar desesperadamente que sua conexão coincidisse com a decidida por mim antes de cada viagem; e então — sempre, até agora — vê-la tomar outro corredor e não poder segui-la, obrigado a voltar ao mundo de cima e entrar num café e continuar vivendo até que pouco a pouco, horas ou dias ou semanas, a sede de novo reclamando a possibilidade de que tudo coincidisse eventualmente, mulher e vidraça da janela, sorriso aceito ou rejeitado, conexões de trens e então finalmente sim, então o direito de aproximar-se e dizer a primeira palavra, espessa de tempo estancado, de interminável pilhagem no fundo do poço entre as aranhas da cãibra.

Agora entrávamos na estação de Saint-Sulpice, alguém do meu lado se levantava e ia embora, também Ana ficava sozinha diante de mim, deixara de olhar a bolsa e uma ou duas vezes seus olhos me varreram distraidamente antes de se perderem no anúncio de termas que se repetia nos quatro cantos do vagão. Margrit não tinha voltado a olhar para mim na janela mas aquilo provava o contato, seu latejar sigiloso; Ana era talvez tímida ou simplesmente lhe parecia absurdo aceitar o reflexo daquela cara que voltaria a sorrir para Margrit; e além disso chegar a Saint-Sulpice era importante porque, se ainda faltavam oito estações até o final do percurso na Porte D'Orléans, só três tinham conexões com outras linhas, e só se Ana descesse numa daquelas três me restaria a possibilidade de coincidir; quando o trem começava a frear em Saint-Placide olhei e olhei para Margrit procurando-lhe os olhos que Ana continuava encostando suavemente nas coisas do vagão como admitindo que Margrit não olharia mais para mim, que era inútil esperar que voltasse a olhar o reflexo que a esperava para sorrir-lhe.

Não desceu em Saint-Placide, soube-o antes que o trem começasse a frear, existe esse preparativo do viajante, sobretudo das mulheres que nervosamente verificam embrulhos, atam o casaco ou olham de lado ao levantar-se, evitando joelhos naquele instante em que a perda de velocidade trava e estonteia os corpos. Ana repassava vagamente os anúncios da estação, a cara de Margrit foi se apagando sob as luzes da plataforma e não pude saber se tinha voltado a olhar para mim; também meu reflexo não teria sido visível naquela maré de néon e anúncios fotográficos, de corpos entrando e saindo. Se Ana descesse em Montparnasse-Bienvenue minhas possibilidades eram mínimas, como não me lembrar de Paula (de Ofelia) lá onde uma possível conexão quádrupla estreitava qualquer previsão; e entretanto no dia de Paula (de Ofelia) tivera certeza absoluta de que coincidiríamos, até o último momento caminhava a três metros daquela mulher lenta e loura, que parecia vestida de folhas secas, e sua bifurcação à direita me envolvera a cara como uma chicotada. Por isso agora Margrit não, por isso o medo, de novo podia ocorrer abominavelmente em Montparnasse-Bienvenue; a lembrança de Paula (de Ofelia), as aranhas no poço contra a miúda confiança em que Ana (em que Margrit). Mas ninguém pode contra aquela ingenuidade que nos vai deixando viver, quase imediatamente disse comigo mesmo que talvez Ana (que talvez Margrit) não descesse em Montparnasse-Bienvenue, mas em uma das outras estações possíveis, que talvez não descesse nas intermediárias, onde não me era dado segui-la; que Ana (que Margrit) não desceria em Montparnasse-Bienvenue (não desceu), que não desceria em Vavin, e não desceu, que talvez descesse em Raspail, que era a primeira das duas últimas possíveis; e quando não desceu e eu soube que só restava uma estação na qual podia segui-la contra as três finais em que tudo já dava na mesma, procurei de novo os olhos de Margrit na vidraça da janela, chamei-a de um silêncio e de uma imobilidade que deveriam chegar até ela como uma exigência, como um marulho, sorri-lhe com o sorriso que Ana já não podia ignorar, que Margrit tinha de admitir embora não olhasse para meu reflexo açoitado pelas meias-luzes do túnel desembocando em Denfert-Rochereau. Talvez o primeiro golpe dos freios tenha feito tremer a bolsa vermelha nas coxas de Ana, talvez só o tédio lhe mexesse a mão até a mecha preta que atravessava sua testa; naqueles três, quatro segundos em que o trem se imobilizava na plataforma, as aranhas cravaram suas unhas na pele do poço para mais uma vez me vencer partindo de dentro; quando Ana se ergueu com uma só e límpida flexão de seu corpo, quando a vi de costas entre os passageiros, acho que procurei ainda absurdamente o rosto de Margrit na vidraça ofuscado de luzes e movimento. Saí como sem o saber, sombra passiva daquele corpo que descia na plataforma, até despertar para o que viria, para a dupla escolha final cumprindo-se irrevogável.

Penso que está claro, Ana (Margrit) tomaria um caminho cotidiano ou circunstancial, enquanto antes de subir naquele trem eu decidira que se alguém entrasse no jogo e descesse em Denfert-Rochereau, minha conexão seria a linha Nation-Étoile, da mesma maneira que se Ana (que se Margrit) tivesse descido em Châtelet só poderia segui-la no caso de tomar a conexão Vincennes-Neuilly. No último momento da cerimônia o jogo estava perdido se Ana (se Margrit) tomasse a conexão da Ligne de Sceaux ou saísse diretamente à rua; imediatamente, mesmo porque naquela estação não havia os intermináveis corredores de outras vezes e as escadas conduziam rapidamente ao destino, àquilo que nos meios de transporte também se chamava destino. Eu a via mexer-se entre as pessoas, sua bolsa vermelha como um pêndulo de brinquedo, erguendo a cabeça à procura dos letreiros indicadores, vacilando um instante até orientar-se para a esquerda; mas a esquerda era a saída que levava à rua.

Não sei como dizer, as aranhas mordiam demais, não fui desonesto no primeiro minuto, simplesmente a segui para depois talvez admitir, deixá-la partir para qualquer de seus rumos lá em cima; no meio da escada compreendi que não, que talvez a única maneira de matá-las fosse negar ao menos uma vez a lei, o código. A cãibra que me crispara naquele segundo em que Ana (em que Margrit) começava a subir a escada proibida cedia lugar de repente a uma fadiga sonolenta, a um golem de lentos degraus; recusei-me a pensar, bastava saber que continuava a vê-la, que a bolsa vermelha subia em direção à rua, que a cada passo o cabelo preto lhe tremia nos ombros. Já era de noite e o ar estava gelado, com alguns flocos de neve entre rajadas e chuvisco; sei que Ana (que Margrit) não teve medo quando me coloquei a seu lado e lhe disse: "Não é possível que nos separemos assim, antes de nos termos encontrado."

No café, mais tarde, agora somente Ana enquanto o reflexo de Margrit cedia a uma realidade de cinzano e palavras, disse-me que não compreendia nada, que se chamava Marie-Claude, que meu sorriso no reflexo lhe fizera muito mal, que em dado momento pensara em se levantar e mudar de lugar, que não tinha me visto segui-la e que na rua não sentira medo, contraditoriamente, olhando nos meus olhos, bebendo seu cinzano, sorrindo sem se envergonhar de sorrir, de ter aceitado quase em seguida minha abordagem em plena rua. Naquele momento de uma felicidade como esparramada, de abandono a um deslizar cheio de álamos, não podia dizer-lhe o que ela teria imaginado como loucura ou mania e que era assim mas de outra maneira, de outras margens da vida; falei-lhe de sua mecha de cabelo, de sua bolsa vermelha, de seu modo de olhar para o anúncio das termas, de que não lhe tinha sorrido por dom-juanismo nem tédio mas para dar-lhe uma flor que não possuía, o sinal de que gostava dela, de que me fazia bem, de que viajar defronte dela, de que outro cigarro e outro cinzano. Em nenhum momento fomos enfáticos, falamos como de algo já conhecido e aceito, olhando-nos sem nos machucar, acho que Maria-Claude me deixava vir e estar em seu presente como talvez Margrit teria respondido a meu sorriso na vidraça se não houvesse de permeio tantas ideias preconcebidas, tanto não deve responder se falarem com você na rua ou lhe oferecerem balas e quiserem levá-la ao cinema, até que Maria-Claude, já libertada de meu sorriso a Margrit, Marie-Claude na rua e o café pensara que era um bom sorriso, que o desconhecido lá de baixo não tinha sorrido para Margrit para tatear outro terreno, e minha maneira absurda de abordá-la tinha sido a única compreensível, a única razão para dizer que sim, que podíamos beber um drinque e conversar num café.

Não me lembro o que pude contar-lhe de mim, talvez tudo a não ser o jogo mas então só isso, em dado momento rimos, alguém fez a primeira piada, descobrimos que gostávamos dos mesmos cigarros e de Catherine Deneuve, deixou-me acompanhá-la até a entrada de sua casa, estendeu-me a mão com firmeza e consentiu no mesmo café à mesma hora de terça-feira. Peguei um táxi para voltar a meu bairro, pela primeira vez em mim mesmo como num incrível país estrangeiro, repetindo-me que sim, que Marie-Claude, que Denfert-Rochereau, apertando as pálpebras para guardar melhor seu cabelo preto; aquela maneira de mexer a cabeça de lado antes de falar, de sorrir. Fomos pontuais e nos contamos filmes, trabalho, verificamos diferenças ideológicas parciais, ela continuava me aceitando como se maravilhosamente lhe bastasse aquele presente sem razões, sem interrogação; nem parecia perceber que qualquer imbecil a teria tomado por fácil ou tola; acatando inclusive que eu não tratasse de compartilhar o mesmo banco no café, que no percurso da rue Froidevaux não lhe passasse o braço pelo ombro no primeiro sinal de uma intimidade, que a sabendo quase só — uma irmã mais moça, muitas vezes ausente do apartamento do quarto andar — não lhe pedisse para subir. Se de alguma coisa não podia desconfiar era das aranhas, tínhamo-nos encontrado três ou quatro vezes sem que mordessem, imóveis no poço e esperando até o dia em que eu soube como se não tivesse sabido o tempo todo, mas às terças-feiras, chegar ao café, imaginar que Marie-Claude já estaria lá ou vê-la entrar com seus passos ágeis, sua morena recorrência que lutara inocentemente contra as aranhas outra vez acordadas, contra a transgressão do jogo que só ela tinha podido defender apenas me dando uma breve, morna mão, somente aquela mecha de cabelo que passeava por sua testa. Em dado momento deve ter percebido, ficou calada olhando para mim, esperando; já era impossível que não me delatasse o esforço para fazer durar a trégua, para não admitir que voltavam pouco a pouco apesar de Marie-Claude, contra Marie-Claude que não podia compreender, que ficava calada olhando para mim, esperando; beber e fumar e falar-lhe, defendendo até o fim o doce interregno sem aranhas, saber de sua vida simples e com horário e irmã estudante e alergias, desejar tanto aquela mecha preta que lhe penteava a testa, desejá-la como um término, como realmente a última estação do último metrô da vida, e então o poço, a distância de minha cadeira àquele banquinho em que nos teríamos beijado, em que minha boca teria bebido o primeiro perfume de Marie-Claude antes de levá-la abraçada até sua casa, subir aquela escada, despir-nos finalmente de tanta roupa e tanta espera.

Então eu lhe disse, lembro-me do muro do cemitério e de que Marie-Claude se encostou nele e me deixou falar com o rosto perdido no musgo quente de seu casaco, quem sabe se minha voz lhe chegou com todas as suas palavras, se foi possível que compreendesse: disse-lhe tudo, cada detalhe do jogo, as improbabilidades confirmadas desde tantas Paulas (desde tantas Ofelias) perdidas no fim de um corredor, as aranhas em cada final. Chorava, sentia-a tremer contra mim embora continuasse me agasalhando, sustentando-me com todo seu corpo encostado no muro dos mortos; não me perguntou nada, não quis saber por que nem desde quando, não lhe ocorreu lutar contra uma máquina montada por toda uma vida a contrapelo de si mesma, da cidade e suas palavras de ordem, somente aquele choro ali como um animalzinho machucado, resistindo sem força ao triunfo do jogo, à dança exasperada das aranhas no poço.

Na porta de sua casa disse-lhe que nem tudo estava perdido, que dos dois dependia tentar um encontro legítimo; agora ela conhecia as regras do jogo, talvez nos fossem favoráveis dado que não faríamos outra coisa senão nos procurar. Disse-me que podia pedir quinze dias de férias, viajar levando um livro para que o tempo fosse menos úmido e hostil no mundo subterrâneo, passar de uma conexão a outra, esperar-me lendo, olhando os anúncios. Não quisemos pensar na improbabilidade, em que talvez nos encontraríamos num trem mas que não bastava, que desta vez não se poderia faltar ao preestabelecido; pedi-lhe que não pensasse, que deixasse correr o metrô, que não chorasse nunca naquelas duas semanas enquanto eu a procurava; sem palavras ficou entendido que se o prazo se esgotasse sem nos tornarmos a ver ou só nos vendo até que dois corredores diferentes nos separassem, já não faria sentido voltar ao café, à porta de sua casa. Ao pé daquela escada de bairro que uma luz alaranjada estendia docemente para cima, para a imagem de Marie-Claude em seu apartamento, entre seus móveis, nua e dormindo, beijei-a no cabelo, acariciei-lhe as mãos; ela não procurou minha boca, foi se afastando e a vi de costas, subindo outras das tantas escadas que as levavam sem que pudesse segui-las; voltei a pé para casa, sem aranhas, vazio e lavado para a nova espera; agora não podiam me fazer nada, o jogo ia recomeçar como tantas outras vezes mas só com Marie-Claude, segunda-feira descendo a estação Couronnes de manhã, saindo em Max Dormoy em plena noite, terça-feira entrando em Crimée, quarta-feira em Philippe Auguste, a precisa regra do jogo, quinze estações nas quais quatro tinham conexões, e então na primeira das quatro sabendo que teria de continuar até a linha Sèvres-Montreuil como na segunda teria de tomar a conexão Clichy-Porte Dauphine, cada itinerário escolhido sem uma razão especial porque não podia existir nenhuma razão, Marie-Claude teria subido talvez perto de sua casa, em Denfert-Rochereau ou em Corvisart, estaria trocando em Pasteur para continuar até Falguière, a árvore mondrianesca com todos os seus galhos secos, acaso das tentações vermelhas, azuis, brancas, pontilhadas; quinta, sexta, sábado. De qualquer plataforma ver entrar os trens, os sete ou oito vagões, permitindo-me olhar enquanto passavam cada vez mais lentos, chegar até o fim e subir num vagão sem Marie-Claude, descer na estação seguinte e esperar outro trem, seguir até a primeira estação para procurar outra linha, ver chegar os vagões sem Marie-Claude, deixar passar um trem ou dois, subir no terceiro, continuar até o terminal, retornar a uma estação de onde podia passar para outra linha, decidir que só tomaria o quarto trem, abandonar a procura e subir para comer, retornar quase em seguida com um cigarro amargo e sentar-me num banco até o segundo, até o quinto trem. Segunda, terça, quarta, quinta, sem aranhas porque ainda esperava, porque ainda espero neste banco da estação Chemin Vert, com este caderninho em que uma mão escreve para inventar um tempo que não seja só aquela interminável rajada que me projeta em direção ao sábado no qual talvez tudo terá acabado, em que voltarei sozinho e as sentirei acordar e morder, suas pinças enraivecidas exigindo-me o novo jogo, outras Marie-Claudes, outras Paulas, a reiteração depois de cada fracasso, o recomeçar canceroso. Mas é quinta-feira, é a estação Chemin Vert, lá fora cai a noite, ainda se pode imaginar qualquer coisa, inclusive pode não parecer incrível demais que no segundo trem, que no quarto vagão, que Marie-Claude num assento contra a janela, tenha me visto e se levante com um grito que ninguém salvo eu pode escutar assim em plena cara, em plena corrida para saltar do vagão lotado, empurrando passageiros indignados, murmurando desculpas que ninguém espera nem aceita, ficando de pé contra o assento duplo ocupado por pernas e guarda-chuvas e embrulhos, por Marie-Claude com seu agasalho cinza contra a janela, a mecha preta que o arranco repentino do trem apenas agita como suas mãos tremem em cima das coxas num chamado que não tem nome, que é só isso que agora vai acontecer. Não há necessidade de falar, não se poderia dizer nada por cima desse muro impassível e desconfiado de caras e guarda-chuvas entre mim e Marie-Claude; restam três estações que fazem conexão com outras linhas, Marie-Claude deverá escolher uma delas, percorrer a plataforma, seguir por um dos corredores ou procurar a escada de saída, alheia à minha escolha que desta vez não transgredirei. O trem entra na estação Bastille e Marie-Claude continua ali, as pessoas descem e sobem, alguém deixa desocupado o assento a seu lado mas não me aproximo, não posso me sentar ali, não posso tremer junto dela como ela estará tremendo. Agora vêm Ledru-Rollin e Froidherbe-Chaligny, naquelas estações sem conexão Marie-Claude sabe que não posso segui-la e não se mexe, o jogo tem de ser jogado em Reuilly-Diderot ou em Daumesnil; enquanto o trem entra em Reuilly-Diderot afasto os olhos, não quero que saiba, não quero que possa compreender que não é ali. Quando o trem arranca vejo que não se mexeu, que nos resta uma última esperança, em Daumesnil há apenas uma conexão e a saída para a rua, vermelho ou preto, sim ou não. Então olhamos um para o outro, Marie-Claude ergueu o rosto para encarar-me em cheio, agarrado à barra do assento sou aquilo que ela olha, alguma coisa tão pálida como o que estou olhando, o rosto sem sangue de Marie-Claude que aperta a bolsa vermelha, que vai fazer o primeiro gesto para levantar-se enquanto o trem entra na estação Daumesnil.

Verão

Ao entardecer Florencio desceu com a menina até a cabana, seguindo o caminho cheio de buracos e pedras soltas que só Mariano e Zulma tinham coragem de enfrentar com o jipe. Zulma abriu-lhes a porta, e pareceu a Florencio que tinha os olhos de quem descascava cebolas. Mariano veio do outro quarto, mando-os entrar, mas Florencio só queria lhes pedir que tomassem conta da menina até a manhã seguinte porque precisava ir à costa por causa de um assunto urgente e na cidade não havia ninguém a quem pedir o favor. É claro, disse Zulma, pode deixá-la, arrumamos uma cama para ela aqui embaixo. Tome um drinque, insistiu Mariano, só cinco minutos, mas Florencio deixara o carro na praça da cidade, tinha de seguir viagem logo; agradeceu-lhes, beijou a filhinha que já descobrira a pilha de revistas no banquinho; quando fechou a porta Zulma e Mariano se entreolharam quase interrogativamente, como se tudo tivesse acontecido depressa demais. Mariano encolheu os ombros e voltou para sua oficina onde estava colando uma poltrona velha; Zulma perguntou à menina se estava com fome, propôs-lhe que brincasse com as revistas, na despensa havia uma bola e uma rede para caçar borboletas; a menina agradeceu e pôs-se a olhar as revistas; Zulma observou-a um momento enquanto preparava as alcachofras para a noite, e pensou que podia deixá-la brincar sozinha.

Já entardecia cedo no sul, tinham apenas um mês até voltar para a capital, entrar na outra vida do inverno que afinal era uma sobrevivência a dois, estar distintamente juntos, amavelmente amigos, respeitando e executando as múltiplas e excessivamente delicadas cerimônias convencionais do casal, como naquele momento em que Mariano precisava de uma das bocas do fogão para esquentar a lata de cola e Zulma tirava do fogo a panela de batatas dizendo que depois acabaria de cozinhá-las e Mariano agradecia porque a poltrona já estava quase terminada e era melhor aplicar a cola de uma só vez, mas é claro, pode esquentá-la, nada mais. A menina folheava as revistas no fundo do grande quarto que servia de cozinha e sala de jantar, Mariano procurou umas balas na despensa; estava na hora de sair para o jardim e tomar um drinque olhando o anoitecer nas colinas: nunca tinha ninguém no caminho, a primeira casa da cidade perfilava-se apenas na parte mais alta; diante deles o sopé da montanha continuava descendo até o fundo do vale já em penumbra. Pode me servir, volto já, disse Zulma. Tudo se cumpria ciclicamente, cada coisa em sua hora e uma hora para cada coisa, com exceção da menina que de repente desajustava ligeiramente o esquema; um banquinho e um copo de leite para ela, uma festinha no cabelo e elogios pelo bom comportamento. Os cigarros, as andorinhas cacheando-se em cima da cabana; tudo se repetia, se encaixava, a poltrona já estava quase seca, colada como aquele novo dia que nada tinha de novo. As diferenças insignificantes eram a menina naquela tarde, como às vezes ao meio-dia o carteiro os tirava por um momento da solidão com uma carta para Mariano ou para Zulma, que o destinatário recebia e guardava sem dizer palavra. Mais um mês de repetições previsíveis, como ensaiadas, e o jipe carregado até o topo os faria voltar ao apartamento da capital, à vida que era só outra nas formas, o grupo de Zulma ou dos amigos pintores de Mariano, as tardes nas lojas para ela e as noites nos cafés para Mariano, um ir e vir separadamente embora sempre se encontrassem para o cumprimento das cerimônias dobradiças, o beijo matinal e os programas neutros em comum, como agora que Mariano oferecia outro drinque e Zulma aceitava com os olhos perdidos nas colinas mais distantes, já tingidas de um roxo profundo.

O que é que você gostaria para jantar, menina? Eu, o que a senhora quiser. Talvez ela não goste de alcachofras, disse Mariano.

Sim, eu gosto, disse a menina, com azeite e vinagre mas com pouco sal porque arde. Riram, fariam um molho especial. E ovos quentes, que tal? Com colherzinha, disse a menina. E pouco sal porque arde, brincou Mariano. O sal arde muitíssimo, disse a menina, à minha boneca eu dou purê de batata sem sal, hoje eu não a trouxe porque meu pai estava com pressa e não deixou. Vai fazer uma noite bonita, pensou Zulma em voz alta, olhe como o ar está transparente para o lado do norte. Sim, não vai fazer calor demais, disse Mariano recolhendo as poltronas para a sala de baixo, acendendo as lâmpadas junto do janelão que dava para o vale. Maquinalmente ligou também o rádio, Nixon viajará para Pequim, o que é que você acha, disse Mariano. Já não existe religião, disse Zulma, e soltaram a gargalhada ao mesmo tempo. A garota se dedicara às revistas e marcava as páginas das historietas como se pensasse lê-las duas vezes.

A noite chegou entre o inseticida com que Mariano pulverizava o quarto de cima e o perfume de uma cebola que Zulma cortava cantarolando um ritmo pop do rádio. No meio do jantar a menina começou a cochilar em cima de seu ovo quente; zombaram dela, animaram-na a terminar; Mariano já tinha preparado a cama dobrável com um colchão de espuma no canto mais afastado da cozinha, de maneira que não a incomodasse se ainda ficassem um pouco na sala de baixo, ouvindo discos ou lendo. A menina comeu seu pêssego e admitiu que estava com sono. Deite, meu amor, disse Zulma, já sabe que se quiser fazer pipi é só subir, deixamos acesa a luz da escada. A menina beijou-os no rosto, já tonta de sono, mas antes de deitar escolheu uma revista e a pôs debaixo do travesseiro. São incríveis, disse Mariano, que mundo inatingível, e pensar que foi o nosso, o de todos. Talvez não seja tão diferente, disse Zulma que tirava a mesa, você também tem suas manias, o vidro de água-de-colônia à esquerda e a gilete à direita, e eu nem é bom falar. Mas não eram manias, pensou Mariano, antes uma resposta à morte e ao nada, fixar as coisas e os tempos, estabelecer ritos e passagens contra a desordem cheia de furos e de manchas. Apenas já não falava em voz alta, cada vez mais parecia haver menos necessidade de falar com Zulma, e Zulma também não dizia nada que reclamasse uma troca de ideias. Leve a cafeteira, já pus as xícaras no banquinho da chaminé. Veja se ainda tem açúcar no açucareiro, tem um pacote novo na despensa. Não encontro o saca-rolha, esta garrafa de aguardente tem uma cara boa, você não acha? Sim, bonita cor. Já que você vai subir traga os cigarros que deixei na cômoda. Esta aguardente é boa mesmo. Está calor, você não acha? Sim, está abafado, é melhor não abrir as janelas, vai encher de mariposas e mosquitos.

Quando Zulma ouviu o primeiro barulho, Mariano estava procurando nas pilhas de discos, tinha uma sonata de Beethoven que não escutara naquele verão. Ficou com a mão no ar, olhou para Zulma. O barulho parecia na escada de pedra do jardim, mas àquela hora ninguém vinha à cabana, nunca ninguém vinha de noite. Da cozinha acendeu a lâmpada que iluminava a parte mais próxima do jardim, não viu nada e apagou-a. Um cachorro que estava procurando comida, disse Zulma. Soava esquisito, assim como alguém bufando, disse Mariano. No janelão chicoteou uma enorme mancha branca, Zulma sufocou um grito, Mariano de costas voltou-se tarde demais, o vidro refletia só os quadros e os móveis da sala. Não teve tempo de perguntar, o bufo soou perto da parede que dava para o norte, um relincho abafado como o grito de Zulma que tinha as mãos contra a boca e se grudava à parede do fundo, olhando fixo para o janelão. É um cavalo, disse Mariano sem acreditar, parece um cavalo, ouça os cascos, está galopando no jardim. As crinas, os beiços como sangrando, uma enorme cabeça branca roçava o janelão, o cavalo apenas olhou para eles, a mancha branca apagou-se para a direita, ouviram outra vez os cascos, um brusco silêncio do lado da escada de pedra, o relincho, a corrida. Mas não há cavalos por aqui, disse Mariano, que segurara a garrafa de aguardente pelo gargalo antes que se desse conta e tornasse a colocá-la em cima do banquinho. Quer entrar, disse Zulma grudada à parede do fundo. Mas não, que bobagem, deve ter fugido de alguma chácara do vale e veio até a luz. Estou lhe dizendo que quer entrar, está louco e quer entrar. Os cavalos não enlouquecem, que eu saiba, disse Mariano, acho que foi embora, vou olhar pela janela de cima. Não, não, fique aqui, ainda o ouço, está na escada do terraço, está pisando as plantas, vai voltar, e se quebrar o vidro, entra. Não seja tola, como é que ele vai quebrar o vidro, disse Mariano debilmente, se apagarmos as luzes talvez ele vá embora. Não sei, não sei, disse Zulma escorregando até ficar sentada no banquinho, ouça como relincha, está aí em cima. Ouviram os cascos descendo a escada, o resfolegar irritado contra a porta, Mariano pareceu sentir uma espécie de pressão na porta, um roçar repetido, e Zulma correu até ele gritando histericamente. Rejeitou-a sem violência, estendeu a mão para o interruptor; na penumbra (restava a luz da cozinha, onde dormia a menina) o relincho e os cascos se tornaram mais fortes, mas o cavalo já não estava em frente à porta, podia-se ouvi-lo indo e vindo no jardim. Mariano correu para apagar a luz da cozinha, sem olhar sequer para o canto onde tinham deitado a menina; voltou para abraçar Zulma que soluçava, acariciou-lhe o cabelo e o rosto, pedindo-lhe que se calasse para poder ouvir melhor. No janelão, a cabeça do cavalo esfregou-se contra o grande vidro, sem muita força, a mancha branca parecia transparente na escuridão; sentiram que o cavalo olhava para dentro como se procurasse alguma coisa, mas já não podia vê-los e entretanto continuava ali, relinchando e resfolegando, com sacudidelas repentinas de um lado para outro. O corpo de Zulma escorregou entre os braços de Mariano, que a ajudou a sentar-se outra vez no banquinho, apoiando-a contra a parede. Não se mexa, não diga nada, agora ele vai embora, você verá. Quer entrar, disse debilmente Zulma, sei que quer entrar e, se quebrar a janela, o que é que vai acontecer se ele quebrar a janela a coices. Psiu, disse Mariano, cale a boca por favor. Vai entrar, murmurou Zulma. E não tenho nem uma espingarda, disse Mariano, eu lhe meteria cinco balas na cabeça, filho da puta. Já não está aí, disse Zulma levantando-se de repente, ouço-o em cima, descobriu a porta do terraço, é capaz de entrar. Está bem fechada, não tenha medo, pense que não vai entrar no escuro numa casa onde nem sequer pode se mexer, não é idiota a esse ponto. Oh, sim, disse Zulma, ele quer entrar, vai nos esmagar contra as paredes, sei que quer entrar. Psiu, repetiu Mariano, que também pensava isso, que não podia fazer outra coisa senão esperar com as costas empapadas de suor frio. Mais uma vez os cascos nas lajes da escada, e de repente o silêncio, os grilos distantes, um pássaro na nogueira do alto.

Sem acender a luz, agora que o janelão deixava entrar a vaga claridade da noite, Mariano encheu um copo de aguardente e o sustentou contra os lábios de Zulma, obrigando-a a beber embora os dentes chocassem contra o copo e o álcool se derramasse na blusa; depois, pelo gargalo, bebeu um longo gole e foi até a cozinha para olhar a menina. Com as mãos debaixo do travesseiro como se segurasse a preciosa revista, dormia incrivelmente e não escutara nada, apenas parecia estar ali, ao passo que na sala o choro de Zulma cortava-se, de vez em quando, com um soluço sufocado, quase um grito. Já passou, já passou, disse Mariano sentando-se junto dela e sacudindo-a suavemente, foi apenas um susto. Vai voltar, disse Zulma com os olhos presos no janelão. Não, deve estar longe, com certeza fugiu de alguma tropa lá de baixo. Nenhum cavalo faz isso, disse Zulma, nenhum cavalo quer entrar dessa maneira numa casa. Admito que é estranho, disse Mariano, é melhor darmos uma espiada lá fora, tenho uma lanterna aqui. Mas Zulma estava colada contra a parede; a ideia de abrir a porta, de sair em direção à sombra branca que podia estar perto, esperando debaixo das árvores, pronta a atacar. Olhe, se não nos certificarmos de que foi embora, ninguém vai dormir esta noite, disse Mariano. Vamos dar-lhe um pouco mais de tempo, enquanto isso você deita e eu lhe dou um calmante: dose extra, coitadinha, você merece.

Zulma acabou por concordar, passivamente; sem acender as luzes foram até a escada e Mariano apontou com a mão a menina dormindo, mas Zulma apenas olhou para ela, subiu a escada tropeçando, Mariano teve de segurá-la ao entrar no quarto porque estava a ponto de bater no vão da porta. Da janela que dava para o telhado olharam para a escada de pedra, o terraço mais alto do jardim. Foi embora, está vendo, disse Mariano ajeitando o travesseiro de Zulma, vendo-a despir-se com gestos mecânicos, o olhar fixo na janela. Fez com que ela bebesse um pouco, passou-lhe água-de-colônia no pescoço e nas mãos, levantou suavemente o lençol até os ombros de Zulma, que fechara os olhos e tremia. Enxugou-lhe as faces, esperou um momento e desceu para procurar a lanterna; levando-a apagada numa mão e com um machado na outra, encostou pouco a pouco a porta da sala e saiu para o terraço inferior, de onde podia abranger todo o lado da casa que dava para o leste; a noite era idêntica a tantas outras do verão, os grilos cricrilavam ao longe, uma rã deixava cair duas gotas alternadas de som. Sem necessidade da lanterna, Mariano viu a moita de lilases pisoteada, as enormes pegadas no canteiro de amores-perfeitos, o vaso derrubado ao pé da escada; não era uma alucinação, então, e melhor que não fosse; de manhã iria com Florencio investigar nas chácaras do vale, não o fariam de bobo tão facilmente. Antes de entrar endireitou o vaso, foi até as primeiras árvores e ouviu longamente os grilos e a rã; quando olhou para a casa, Zulma estava na janela do quarto, nua, imóvel.

A menina não se mexera, Mariano subiu sem fazer barulho e pôs-se a fumar ao lado de Zulma. Está vendo, foi embora, podemos dormir tranquilos; amanhã veremos. Pouco a pouco foi levando-a até a cama, despiu-se, estendeu-se de barriga para cima, sempre fumando. Durma, está tudo bem, foi somente um susto absurdo. Passou-lhe a mão pelo cabelo, os dedos escorregaram até o ombro, roçaram os seios. Zulma voltou-se de lado, de costas para ele, sem falar; também aquilo era tal qual tantas outras noites de verão.

Dormir ia ser difícil, mas Mariano dormiu de repente logo após apagar o cigarro; a janela continuava aberta e com certeza entrariam mosquitos, mas o sono veio antes, sem imagens, o nada total do qual saiu num dado momento despertado por um pânico indescritível, a pressão dos dedos de Zulma num ombro, o arfar. Quase antes de compreender já estava escutando a noite, o perfeito silêncio pontilhado pelos grilos. Durma, Zulma, não há nada, você deve ter sonhado. Insistia que ela concordasse, que tornasse a se estender de costas para ele, agora que de repente retirara a mão e estava sentada, rígida, olhando para a porta fechada. Levantou-se ao mesmo tempo que Zulma, incapaz de impedir que ela abrisse a porta e fosse até o começo da escada, grudado a ela e perguntando-se vagamente se não seria melhor esbofeteá-la, trazê-la à força até a cama, dominar finalmente tanta distância petrificada. Na metade da escada Zulma parou, segurando-se ao corrimão. Você sabe por que é que a menina está aí? Com uma voz que ainda devia pertencer ao pesadelo. A menina? Outros dois degraus, já quase na curva do corrimão que se abria em cima da cozinha. Zulma, por favor. E a voz quebrada, quase de falsete, está aí para deixá-lo entrar, eu digo que vai deixá-lo entrar. Zulma, não me obrigue a fazer uma bobagem. E a voz como triunfante, subindo ainda mais de tom, olhe, mas olhe se você não acredita, a cama vazia, a revista no chão. Com um arranco Mariano adiantou-se a Zulma, saltou até o interruptor. A menina olhou para eles, seu pijama cor-de-rosa contra a porta que dava para a sala, a cara de sono. O que é que você está fazendo levantada a esta hora, disse Mariano enrolando um pano de prato na cintura. A menina olhava para Zulma nua, entre dormindo e envergonhada, como se quisesse voltar à cama, à beira do choro. Levantei para fazer pipi, disse. E você saiu para o jardim quando dissemos que subisse ao banheiro. A menina começou a fazer beicinho, as mãos comicamente perdidas nos bolsos do pijama. Não é nada, volte para a cama, disse Mariano acariciando-lhe o cabelo. Cobriu-a, pôs a revista debaixo do travesseiro; a menina voltou-se contra a parede, um dedo na boca como para se consolar. Suba, disse Mariano, você está vendo que não acontece nada, não fique aí como uma sonâmbula. Viu-a dar dois passos em direção à porta da sala, atravessou-se em seu caminho, já estava bem assim, que diabo. Mas você não percebe que ela abriu a porta para ele, disse Zulma com aquela voz que não era a dela. Deixe de bobagem, Zulma. Vá ver se não é verdade, ou deixe que eu vá. A mão de

Mariano fechou-se no antebraço que tremia. Suba agora mesmo, disse empurrando-a, até levá-la ao pé da escada, olhando ao passar pela menina que não se mexera, que já devia estar dormindo. No primeiro degrau Zulma gritou e quis fugir, mas a escada era estreita e Mariano a empurrava com todo o corpo, o pano de prato desprendeu-se e caiu ao pé da escada, segurando-a pelos ombros e puxando-a para cima a levou até o descanso, atirou-a no quarto, fechando a porta atrás de si. Vai deixá-lo entrar, repetia Zulma, a porta está aberta e vai entrar. Deite, disse Mariano, que entre se quiser, agora estou cagando para que ele entre ou não entre. Segurou as mãos de Zulma que tratavam de rejeitá-lo, empurrou-a de costas contra a cama, caíram juntos, Zulma soluçando e suplicando, impossibilitada de se mexer sob o peso de um corpo que a cingia cada vez mais, que a submetia a uma vontade murmurada boca a boca, enraivecidamente, entre lágrimas e obscenidades. Não quero, não quero, não quero nunca mais, não quero, mas já tarde demais, sua força e seu orgulho cedendo àquele peso arrasador que a devolvia ao passado impossível, aos verões sem cartas e sem cavalos. Em dado momento — começava a clarear — Mariano vestiu-se em silêncio, desceu à cozinha; a menina dormia com o dedo na boca, a porta da sala estava aberta. Zulma tinha razão, a menina abrira a porta mas o cavalo não entrara em casa. A menos que sim, pensou acendendo o primeiro cigarro e olhando para o gume azul das colinas, a menos que também nisso Zulma tivesse razão e o cavalo houvesse entrado em casa, mas como saber se não o tinham ouvido, se tudo estava em ordem, se o relógio continuaria medindo a manhã e depois que Florencio viesse apanhar a menina, talvez por volta do meio-dia chegasse o carteiro assobiando já de longe, deixando em cima da mesa do jardim as cartas que ele ou Zulma pegariam sem dizer nada, um pouco antes de decidir de comum acordo o que convinha preparar para o almoço.

Aí, mas onde, como

Um quadro de René Magritte representa um cachimbo que ocupa o centro da tela. Ao pé da pintura o título: *Isto não é um cachimbo.*

A Paco, que gostava de meus relatos
(Dedicatória de *Bestiário,* 1951)

Não depende da vontade.

é ele subitamente: agora (antes de começar a escrever; a razão de ter começado a escrever) ou ontem, amanhã, não há nenhuma indicação prévia, ele está ou não está; nem posso dizer que vem, não existe chegada nem partida; ele é como um simples presente que se manifesta ou não neste presente sujo, cheio de ecos de passado e obrigações de futuro

A você que me lê, não lhe terá acontecido aquilo que começa num sonho e volta em muitos sonhos mas não é isso, não é somente um sonho? Alguma coisa que está aí, mas onde, como; alguma coisa que acontece sonhando, é claro, simples sonho mas depois também aí, de outra maneira porque mole e cheio de buracos mas aí enquanto você escova os dentes, no fundo da pia você continua a vê-la enquanto cospe a pasta de dentes ou enfia a cara na água fria, e já enfraquecendo mas preso ainda ao pijama, à raiz da língua enquanto esquenta o café, aí, mas onde, como, grudado à manhã, com seu silêncio em que já entram os ruídos do dia, o noticiário do rádio que ligamos porque estamos acordados e levantados e o mundo continua andando. Porra, porra, como pode ser, que é isso que foi, que fomos num sonho mas é outra coisa, volta de quando em quando e está aí, mas onde, como, está aí e onde é aí? Por que outra vez Paco esta noite, agora que escrevo neste mesmo quarto, ao lado desta mesma cama onde os lençóis marcam o oco de meu corpo? A você não acontece como a mim com alguém que morreu há trinta anos, que enterramos num meio-dia de sol na Chacarita, levando nos ombros o caixão com os amigos da turma, com os irmãos de Paco?

> seu rosto pequeno e pálido, seu corpo apertado de jogador de pelota basca, seus olhos de água, seu cabelo louro penteado com gomalina, a risca do lado, seu terno cinza, seus mocassins pretos, quase sempre uma gravata azul mas às vezes de manga de camisa ou com um roupão de toalha branco (quando me espera em seu quarto da calle Rivadavia, levantando-se com esforço para que eu não perceba que está tão doente, sentando-se na beira da cama embrulhado no roupão branco, pedindo-me um cigarro que lhe proibiram)

Já sei que não se pode escrever isto que estou escrevendo, na certa é outra das maneiras do dia para acabar com as débeis operações do sonho; agora irei trabalhar, me encontrarei com tradutores e revisores na conferência de Genebra onde estou por quatro semanas, lerei as notícias do Chile, esse outro pesadelo que nenhuma pasta de dentes desgruda da boca; por que então pular da cama à máquina, da casa da calle Rivadavia em Buenos Aires, onde acabo de estar com Paco, a esta máquina que não servirá de nada agora que estou acordado e sei que passaram trinta e um anos desde aquela manhã de outubro, aquele nicho num columbário, as pobres flores que quase ninguém levou porque raios se nos importávamos com as flores enquanto enterrávamos Paco. Eu digo a você, estes trinta e um anos não são o que interessa, muito pior é esta passagem do sonho às palavras, o abismo entre o que ainda continua aqui mas se vai entregando cada vez mais aos gumes nítidos das coisas deste lado, ao corte das palavras que continuo escrevendo e que já não são aquilo que continua aí, mas onde, como. E se continuo é porque não posso mais, tantas vezes soube que Paco está vivo ou que vai morrer, que está vivo de outra maneira fora da nossa maneira de estar vivos ou de morrermos, que escrevendo ao menos luto contra o inatingível, passo os dedos das palavras pelos vãos desta trama finíssima que ainda me atava ao banheiro, à torradeira, ao primeiro cigarro, que ainda está aí, mas onde, como; repetir, reiterar, fórmulas de encantamento, claro, talvez você que está me lendo também trata às vezes de fixar com alguma salmodia o que vai indo embora, repete estupidamente uma poesia infantil, aranhazinha vizinha, aranhazinha vizinha, fechando os olhos para centrar a cena capital do sonho esfiapado, renunciando aranhazinha, dando de ombros vizinha, o jornaleiro bate à porta, sua mulher olha para você sorrindo e diz Pedrito, ficaram as teias de aranha em seus olhos e tem tanta razão você pensa, aranhazinha vizinha, claro que as teias de aranha.

> quando sonho com Alfredo, com outros mortos, pode ser qualquer de suas tantas imagens, das opções do tempo e da vida; vejo Alfredo dirigindo seu Ford preto, jogando pôquer, casando com Zulema, saindo comigo da escola Mariano Acosta para ir tomar um vermute em La Perla del Once; depois, no fim, antes, qualquer dos dias ao longo de qualquer dos anos, mas Paco não, Paco é somente o quarto nu e frio de sua casa, a cama de ferro, o roupão de toalha branco, e se nos encontramos no café e ele está com seu terno cinza e gravata azul, a cara é a mesma, a terrosa máscara final, os silêncios de um cansaço insondável

Não vou perder mais tempo; se escrevo é porque sei, embora não possa explicar-me o que é isso que sei e mal consiga separar o mais grosso, pôr os sonhos de um lado e Paco do outro, mas é preciso fazê-lo se um dia, se agora mesmo em qualquer momento consigo chegar mais longe. Sei que sonho com Paco dado que a lógica, dado que os mortos não andam pela rua e existe um oceano de água e de tempo entre este hotel de Genebra e sua casa da calle Rivadavia, entre sua casa da calle Rivadavia e ele morto há trinta e um anos. Então é óbvio que Paco está vivo (de que inútil, terrível maneira terei de dizê-lo também para me aproximar, para ganhar um pouco de terreno) enquanto durmo; isso se chama sonhar. De tanto em tanto tempo, podem passar semanas e inclusive anos, torno a saber enquanto durmo que ele está vivo e vai morrer; não há nada de extraordinário em sonhar com ele e vê-lo vivo, acontece com tantos outros nos sonhos de todo mundo, também eu às vezes vejo minha avó viva em meus sonhos, ou Alfredo vivo em meus sonhos, Alfredo que foi um dos amigos de Paco e morreu antes dele. Qualquer pessoa sonha com seus mortos e os vê vivos, não é por causa disso que escrevo; se escrevo é porque sei, embora não possa explicar o que sei. Olhe, quando sonho com Alfredo a pasta de dentes cumpre muito bem sua tarefa; resta a melancolia, a insistência das recordações antigas, depois começa o dia sem Alfredo. Mas com Paco é como se ele acordasse também comigo, pode dar-se ao luxo de dissolver quase em seguida as vívidas sequências da noite e continuar presente e fora do sonho, desmentindo-o com uma força que Alfredo, que ninguém tem em pleno dia, depois do banho de chuveiro e do jornal. O que lhe importa que eu me lembre apenas do momento em que seu irmão Claudio veio me buscar para me dizer que Paco estava muito doente, e que as cenas sucessivas já esfiapadas mas ainda rigorosas e coerentes no esquecimento, um pouco como a marca de meu corpo ainda visível nos lençóis, se diluam como todos os sonhos. O que então sei é que ter sonhado não é mais do que parte de alguma coisa diferente, uma espécie de superposição, uma outra zona, se bem que a expressão seja incorreta, mas também é preciso superpor ou violar as palavras se quero aproximar-me, se espero alguma vez estar. Grosseiramente, como o estou sentindo agora, Paco está vivo embora vá morrer, e se alguma coisa sei é que nisso nada há de sobrenatural; tenho minha opinião sobre os fantasmas mas Paco não é um fantasma, Paco é um homem, um homem que foi até há trinta e um anos meu colega de estudos, meu melhor amigo. Não foi necessário que voltasse a meu lado uma outra vez, bastou o primeiro sonho para que eu soubesse que ele estava vivo além ou aquém do sonho e outra vez me invadisse a tristeza, como nas noites da calle Rivadavia quando o via ceder terreno ante uma doença que o ia corroendo a partir das vísceras, consumindo-o sem pressa na tortura mais perfeita. A cada noite que volto a sonhá-lo tem sido a mesma coisa, as variações do tema; não é a recorrência que poderia me enganar, o que sei agora já era sabido desde a primeira vez, acho que em Paris na década de cinquenta, quinze anos depois de sua morte em Buenos Aires. É verdade, naquela época tratei de ser sadio, de escovar melhor os dentes; eu o repeli, Paco, embora alguma coisa dentro de mim já soubesse que você não estava aí como Alfredo, como meus outros mortos; também perante os sonhos se pode ser um canalha e um covarde, e talvez você voltasse por causa disso, não por vingança mas para me provar que era inútil, que você estava vivo e tão doente, que ia morrer, que uma ou outra noite Claudio viria me procurar em sonhos para chorar no meu ombro, para me dizer Paco está mal, o que podemos fazer, Paco está tão mal.

> sua cara terrosa e sem sol, sem sequer a lua dos cafés do Once, a vida noturna dos estudantes, um rosto triangular sem sangue, a água azul-clara dos olhos, os lábios descascados pela febre, o cheiro adocicado dos nefríticos, seu sorriso delicado, a voz reduzida ao mínimo, sendo obrigado a respirar entre cada frase, substituindo as palavras por um sinal ou uma careta irônica

Você vê, é isso o que sei, não é muito mas muda tudo. Aborrecem-me as hipóteses tempoespaciais, as *n* dimensões, sem falar do jargão ocultista, a vida astral e Gustav Meyrinck. Não vou sair para procurar porque me sinto incapaz de ilusão ou talvez, na melhor das hipóteses, da capacidade de entrar em territórios diferentes. Simplesmente estou aqui e disposto, Paco, escrevendo o que mais uma vez vivemos juntos enquanto eu dormia; se em alguma coisa posso ajudá-lo é em saber que você não é só meu sonho, que aí, mas onde, como, que aí estás vivo e sofrendo. Desse aí não posso dizer nada, a não ser que me acontece sonhando e acordado, que é um aí inescapável; porque quando o vejo estou dormindo e não sei pensar, e quando penso estou acordado mas só posso pensar; imagem ou ideia são sempre aquele aí, mas onde, aquele aí, mas como.

> reler isto é abaixar a cabeça, xingar de cara contra um novo cigarro, perguntar-se pelo sentido de estar batendo nesta máquina, para quem, me diz só, para quem que não encolha os ombros e arquive rápido, ponha a etiqueta e passe a outra coisa, a outro conto

E além disso, Paco, por quê. Vou deixar para o fim mas é o mais duro, é esta rebelião e este asco contra o que acontece a você. Você há de imaginar que não acredito que você esteja no inferno, acharíamos tanta graça se pudéssemos falar nisso. Mas tem de haver um porquê, não é verdade, você mesmo há de se perguntar por que está vivo aí onde está se vai morrer de novo, se outra vez Claudio precisa vir me buscar, se como há um instante vou subir a escada da calle Rivadavia para encontrá-lo em seu quarto de doente, com aquela cara sem sangue e os olhos como de água, sorrindo-me com lábios desbotados e ressequidos, dando-me uma mão que parece um papelzinho. E sua voz, Paco, aquela voz que conheci no fim, articulando precariamente as poucas palavras de um cumprimento ou uma piada. É evidente que você não está na casa da calle Rivadavia, e que eu em Genebra não subi a escada de sua casa em Buenos Aires, isso é o instrumental do sonho e como sempre ao acordar as imagens se desligam e só fica você deste lado, você que não é um sonho, que esteve me esperando em tantos sonhos mas como quem marca encontro num lugar neutro, numa estação ou num café, o outro instrumental que esquecemos mal começamos a andar.

    como dizê-lo, como continuar, esfacelar a razão repetindo que não é somente um sonho, que se o vejo em sonhos como a qualquer de meus mortos, ele é outra coisa, está aí, dentro e fora, vivo se bem que

    o que vejo dele, o que ouço dele: a doença o aperta, fixa-o nesta última aparência que é minha recordação dele há trinta e um anos; assim está agora, assim é

Por que é que você vive se adoeceu outra vez, se vai morrer outra vez? E quando morrer, Paco, o que vai acontecer entre nós dois? Vou saber que você morreu, vou sonhar, já que o sonho é a única zona onde posso vê-lo, que o enterramos de novo? E depois disso, vou deixar de sonhar, saberei que está morto de verdade? Porque já faz muitos anos, Paco, que você está vivo aí onde nos encontramos, mas com uma vida inútil e murcha, desta vez sua doença dura interminavelmente mais que a outra, passam-se semanas ou meses, passa Paris ou Quito ou Genebra e então vem Claudio e me abraça, Claudio tão jovem e garoto chorando quieto no meu ombro, avisando-me que você está mal, que suba para vê-lo, às vezes é um café mas quase sempre é preciso subir a escada estreita daquela casa que já puseram abaixo, de um táxi olhei há um ano aquele quarteirão de Rivadavia na altura de Once e soube que a casa já não estava lá ou que a haviam reformado, que faltam a porta e a escada estreita que levava ao primeiro andar, aos quartos de pé-direito alto e de gessos amarelos, passam-se semanas ou meses e de novo sei que tenho de ir vê-lo, ou simplesmente o encontro em qualquer lugar ou sei que está em qualquer lugar embora não o veja, e nada acaba, nada começa nem acaba enquanto durmo ou depois no escritório ou aqui escrevendo, você vivo para que, você vivo por que, Paco, aí, mas onde, meu velho, onde e até quando.

apresentar provas de ar, montinhos de cinza como provas, seguranças de vácuo; ainda pior com palavras, desde palavras incapazes de vertigem, etiquetas anteriores à leitura, essa outra etiqueta final

noção de território contíguo, de quarto ao lado; tempo de ao lado; e ao mesmo tempo nada disso, fácil demais refugiar-se no binário; como se tudo dependesse de mim, de um simples código que um gesto ou um salto me dariam, e saber que não, que minha vida me encerra no que sou, na própria margem mas

tratar de dizer de outra maneira, insistir; por esperança, procurando o laboratório da meia-noite, uma alquimia impensável, uma transmutação

Não sirvo para ir mais longe, tentar qualquer dos caminhos que outros seguem à procura de seus mortos, a fé ou os cogumelos ou as metafísicas. Sei que você não está morto, que as mesas de três pés são inúteis; não consultarei videntes porque eles também têm seus códigos, olhariam para mim como um louco. Só posso acreditar naquilo que sei, continuar por minha calçada como você pela sua, diminuído e doente aí onde você está, sem me incomodar, sem me pedir nada mas apoiando-se de alguma forma em mim que sei que você está vivo, nesse elo que o enlaça a essa zona à qual você não pertence mas que o sustenta sei lá por que, sei lá para quê. E por isso, penso, há momentos em que lhe faço falta e é então que chega Claudio ou que de repente o encontro no café onde jogávamos bilhar ou no quarto de cima onde púnhamos discos de Ravel e líamos Federico e Rilke, e a alegria deslumbrada que me dá saber que você está vivo é mais forte que a palidez de seu rosto e a fria fraqueza de sua mão; porque em pleno sonho não me engano como me engana às vezes ver Alfredo ou Juan Carlos, a alegria não é essa horrível decepção ao acordar e compreender que se sonhou, com você eu acordo e nada muda senão que deixei de vê-lo, sei que você está vivo aí onde está, numa terra que é esta terra e não uma esfera astral ou um limbo abominável; e a alegria perdura e está aqui enquanto escrevo, e não contradiz a tristeza de tê-lo visto mais uma vez tão mal, ainda é a esperança, Paco, se escrevo é porque espero embora cada vez seja a mesma coisa, a escada que leva a seu quarto, o café onde entre duas carambolas você me dirá que esteve doente mas que já vai passando, mentindo-me com um pobre sorriso; a esperança de que alguma vez seja de outra maneira, que Claudio não tenha de vir me buscar e chorar abraçado a mim, pedindo-me que vá vê-lo.

> embora seja para estar outra vez perto dele quando morrer como naquela noite de outubro, os quatro amigos, a lâmpada fria pendente do teto, a última injeção de coramina, o peito nu e gelado, os olhos abertos que um de nós fechou chorando

E você que me lê pensará que é invenção; pouco importa, há muito as pessoas põem à conta de minha imaginação o que realmente vivi, ou vice-versa. Olhe, eu nunca encontrei Paco na cidade da qual me falara uma vez ou outra, uma cidade com que sonho de vez em quando e que é como o recinto de uma morte infinitamente adiada, de procuras turvas e de encontros impossíveis. Nada teria sido mais natural do que vê-lo aí, mas aí não o encontrei jamais nem acredito que o encontre. Ele tem seu próprio território, gato em seu mundo recortado e preciso, a casa da calle Rivadavia, o café do bilhar, alguma esquina do Once. Se o tivesse encontrado na cidade dos arcos e do canal do norte, talvez o somasse à maquinaria das procuras, aos intermináveis quartos do hotel, aos elevadores que se deslocam horizontalmente, ao pesadelo elástico que volta de tempos em tempos; teria sido mais fácil explicar sua presença, imaginá-la parte daquela decoração que ele teria empobrecido limando-a, incorporando-a a suas brincadeiras desajeitadas. Mas Paco está em suas coisas, gato solitário assomando de sua própria zona sem misturas; os que vêm me procurar são só os seus, é Claudio ou o pai, uma vez ou outra seu irmão mais velho. Quando acordo depois de tê-lo encontrado em sua casa ou no café, vendo-lhe a morte nos olhos como de água, o resto se perde no fragor da vigília, só ele fica comigo enquanto escovo os dentes e ouço o noticiário antes de sair; já não sua imagem percebida com a cruel precisão lenticular do sonho (o terno cinza, a gravata azul, os mocassins pretos), mas a certeza de que impensavelmente continua aí e que sofre.

> sequer esperança no absurdo, sabê-lo outra vez feliz, vê-lo num torneio de pelota, apaixonado por essas moças com que dançava no clube

> pequena larva cinza, anímula vágula blândula, macaquinho tremendo de frio sob os cobertores, estendendo-me uma mão de manequim, para que, por que

Não pude fazer com que vivesse isso, escrevo assim mesmo para você que me lê porque é uma maneira de quebrar o cerco, de pedir que você procure em si mesmo se não tem também um desses gatos, desses mortos que amou e que estão nesse aí que já me exaspera mencionar com palavras de papel. Faço-o por Paco, como se isto ou outra coisa qualquer adiantasse alguma coisa, ajudasse-o a curar-se ou a morrer, a fazer com que Claudio não voltasse para me buscar, ou simplesmente a sentir por fim que tudo era uma ilusão, que só sonho com Paco e que ele sei lá por que se segura um pouco mais aos meus tornozelos do que Alfredo, do que meus outros mortos. É o que você estará pensando, que outra coisa poderia pensar a menos que isso também tenha lhe acontecido com alguém, mas nunca ninguém me falou de coisas assim e também não o espero de você, simplesmente tinha de dizer e esperar, dizer e outra vez me deitar e viver como qualquer um, fazendo o possível para esquecer que Paco continua aí, que nada termina porque amanhã ou no ano que vem eu acordarei sabendo como agora que Paco continua vivo, que me chamou porque esperava alguma coisa de mim, e que não posso ajudá-lo porque está doente, porque está morrendo.

Lugar chamado Kindberg

Chamada Kindberg, a traduzir-se ingenuamente por montanha das crianças ou a vê-la como a montanha gentil, a amável montanha, assim ou de outra maneira uma aldeia a que chegam de noite vindos de uma chuva que lava raivosamente a cara contra o para-brisa, um velho hotel de galerias profundas onde tudo está preparado para o esquecimento do que continua lá fora batendo e arranhando, o lugar enfim, poder trocar de roupa, saber que se está tão bem, tão protegido; e a sopa na grande sopeira de prata, o vinho branco, partir o pão e dar o primeiro pedaço a Lina que o recebe na palma da mão como se fosse uma homenagem, e é, e então sopra por cima dela, sei lá por que, mas tão bonito ver que a franja de Lina se levanta um pouco e treme como se o sopro devolvido pela mão e pelo pão fosse levantar a cortina de um diminuto teatro, quase como se a partir daquele momento Marcelo pudesse ver surgir em cena os pensamentos de Lina, as imagens e as recordações de Lina que sorve sua sopa saborosa soprando sempre sorrindo.

Mas não, a testa lisa de menina não se altera, no começo é só a voz que vai deixando cair pedaços de pessoa, compondo uma primeira aproximação de Lina: chilena, por exemplo, e um tema cantarolado de Archie Shepp, as unhas um pouco roídas mas muito limpas contra uma roupa suja de carona e dormir em granjas ou albergues da juventude. A juventude, Lina ri sorvendo a sopa como uma ursinha, decerto você não imagina: fósseis, repare, cadáveres vagueando como naquele filme de terror de Romero.

Marcelo está quase perguntando que Romero, primeira notícia do tal Romero, mas é melhor deixá-la falar, diverte-o assistir àquela felicidade de comida quente, como antes seu contentamento no quarto com chaminé esperando crepitante, a borbulha burguesa protetora de uma carteira de dinheiro de viajante sem problemas, a chuva batendo lá fora contra a borbulha como aquela tarde no rosto branquíssimo de Lina à beira da estrada na saída do bosque ao crepúsculo, que lugar para pedir carona e no entanto já, mais um pouco de sopa, ursinha, coma que você precisa se salvar de uma angina, o cabelo ainda úmido mas a chaminé já crepitante esperando lá no quarto com a grande cama Habsburgo, de espelhos até o chão com mesinhas e franjas e cortinas e por que foi que você estava ali debaixo d'água me diga só, sua mãe teria lhe dado umas palmadas.

Cadáveres, repete Lina, é melhor andar sozinha, claro que se chover mas não acredite, o casaco é impermeável de verdade, só um pouco o cabelo e as pernas, pronto, uma aspirina para prevenir. E entre a cesta do pão vazia e a nova cheinha que já a ursinha saqueia e que manteiga mais gostosa, e você o que é que faz, por que viaja nesse tremendo carro, e você por que, ah, você é argentino? Dupla aceitação de que o acaso faz bem as coisas, a previsível recordação de que se oito quilômetros antes Marcelo não tivesse parado para beber um drinque, a ursinha agora metida em outro carro ou ainda no bosque, sou corretor de materiais pré-fabricados, é uma coisa que obriga a viajar muito mas desta vez estou vagueando entre duas obrigações. Ursinha atenta e quase grave, o que é isso de pré-fabricados, mas evidente é assunto chato, que se há de fazer, não pode dizer-lhe que é domador de feras ou diretor de cinema ou Paul McCartney: o sal. Aquela maneira desajeitada de inseto ou pássaro ainda que ursinha, franja balançando, o refrão recorrente de Archie Shepp, tem os discos, mas como, ah, bem. Percebendo, pensa irônico Marcelo, que o normal seria que não tivesse os discos de Archie Shepp e é idiota porque na realidade claro que os tem e às vezes os ouve com Marlene em Bruxelas mas só não sabe vivê-los como Lina que de repente cantarola uma parte entre duas mordidelas, seu sorriso soma de *free jazz* e porção de gulasch e ursinha molhada de carona, nunca tive tanta sorte, você foi bom. Bueno y consecuente*, entoa Marcelo contra-ataque bandoneon, mas a bola sai do campo, é outra geração, é uma ursinha Shepp, já não tango, che.

Evidentemente ainda restam as cócegas, quase uma cãibra agridoce daquilo à chegada a Kindberg, o estacionamento do hotel no enorme hangar vetusto, a velha iluminando-lhes o caminho com uma lanterna da época, Marcelo mala e pasta, Lina mochila e chapinhar, o convite para jantar aceito antes de Kindberg, assim conversamos um pouco, a noite e a metralha da chuva, ruim continuar, melhor pararmos em Kindberg e eu a convido para jantar, oh, sim, obrigada, que bom, assim a roupa enxuga, o melhor é ficar aqui até amanhã, que chova que chova a velha está na cova, oh, sim disse Lina, e então o estacionamento, as galerias ressoantes góticas até a recepção, que quentinho este hotel que sorte, uma gota de água, a última na borda da franja, a mochila pendurada ursinha girl-scout com tio bom, vou pedir os quartos assim você se enxuga antes de jantar. E as cócegas, quase uma cãibra lá embaixo, Lina o olhando toda franja, os quartos que bobagem, peça um só. E ele não a olhando mas a cócega agradesagradável, então é uma piranha, então é uma delícia, então ursinha sopa lareira, então mais uma e que sorte velho porque é bem bonita. Mas depois vendo-a tirar da mochila o outro par de blue jeans, e o pulôver preto, de costas para ele conversando que lareira, recende, fogo perfumado, procurando aspirinas no fundo da mala entre vitaminas e desodorantes e after-shave e até onde você pensa chegar, não sei, tenho uma carta para uns hippies de Copenhague, uns desenhos que Cecilia me deu em Santiago, me disse que são sujeitos formidáveis, o biombo de fazenda e Lina dependurando a roupa molhada, virando indescritível a mochila em cima da mesa francisco-josé dourada e arabescos James Baldwin lenços de papel botões óculos escuros caixas de papelão Pablo Neruda embrulhinhos higiênicos mapa da Alemanha, estou com fome, Marcelo, gosto de seu nome soa bem e estou

---

* *Bueno y consecuente*: alusão ao tango "Mano a mano" (N. da T.).

com fome, então vamos comer, porque chuveiro você já teve bastante, depois acaba de arrumar essa mochila, Lina levantando a cabeça subitamente, olhando-o: Eu nunca arrumo nada, para que, a mochila é como eu e esta viagem e a política, tudo misturado e que importa. Fedelha, pensou Marcelo, cãibra, quase cócegas (dar-lhe as aspirinas na altura do café, efeito mais rápido) mas ela se aborrecia com aquelas distâncias verbais, aqueles você tão nova e como é possível que viaje assim sozinha, no meio da sopa tinha dado risada: a juventude, fósseis, repare, cadáveres vagueando como naquele filme de Romero. E o gulasch e pouco a pouco do calor e a ursinha de novo contente e o vinho, as cócegas no estômago cedendo a uma espécie de alegria, a uma paz, que dissesse bobagens, que continuasse explicando-lhe sua visão de um mundo que talvez tivesse sido também sua visão algum dia se bem que já não estava a fim de se lembrar, que olhasse para ele do teatro de sua franja, de repente séria e como preocupada e depois subitamente Shepp, dizendo tão bom estar assim, sentir-se seca e dentro da borbulha e uma vez em Avignon cinco horas esperando uma carona com um vento que arrancava as telhas, vi espatifar-se um pássaro contra uma árvore, caiu como um lenço, veja só: a pimenta, por favor.

Então (carregavam a travessa vazia) você pensa continuar até a Dinamarca sempre assim, mas você tem um pouco de dinheiro ou como é? Claro que vou continuar, não come a alface?, passe para mim então, ainda estou com fome, um jeito de dobrar as folhas com o garfo e mastigá-las devagar cantarolando Shepp de vez em quando com uma borbulinha prateada plop nos lábios úmidos, boca bonita recortada acabando exatamente onde devia, aqueles desenhos da Renascença, Florença no outono com Marlene, aquelas bocas que pederastas geniais amaram tanto, sinuosamente sensuais sutis et cetera, este Riesling sessenta e quatro está subindo à sua cabeça, ouvindo-a entre mordidelas e cantarolas não sei como acabei filosofia em Santiago, queria ler muitas coisas, é agora que preciso começar a ler. Previsível, pobre ursinha tão contente com sua alface e seu plano de engolir Spinoza em seis meses misturado com

Allen Ginsberg e outra vez Shepp: quanto lugar-comum desfilaria até o café (não esquecer de lhe dar a aspirina, se começa a espirrar é um problema, fedelha com o cabelo molhado a cara toda franja grudada a chuva apalpando-a à beira do caminho) mas paralelamente entre Shepp e o fim do gulasch tudo parecia girar aos poucos, mudando, eram as mesmas frases e Spinoza ou Copenhague e ao mesmo tempo diferente, Lina ali defronte dele partindo o pão bebendo o vinho olhando-o contente, longe e perto ao mesmo tempo, mudando com o giro da noite, embora longe e perto não fosse uma explicação, outra coisa, algo como um ato de mostrar, Lina mostrando-lhe alguma coisa que não era ela própria mas então o quê, me diga só. E dois pedaços fininhos de gruyère, por que é que você não come, Marcelo, é ótimo, você não come nada, tolo, um senhor como você, porque você é um senhor, não?, e ali fumando mando mando mando sem comer nada, escute, e mais um pouquinho de vinho, você gostaria, não? Porque com este queijo, imagine, é preciso dar-lhe um empurrãozinho de nada, ande, coma um pouco: mais pão, é incrível o que eu como de pão, sempre me previram gordura, o que você está ouvindo, é verdade que já tenho barriguinha, não parece mas tenho, juro, Shepp.

Inútil esperar que falasse qualquer coisa sensata e por que esperar (porque você é um senhor, não?), ursinha entre as flores da sobremesa olhando deslumbrada e ao mesmo tempo com olhos calculistas o carrinho de rodas cheio de tortas compotas suspiros, barriguinha, sim, tinham-lhe previsto gordura, sim, está com mais creme, e por que é que você não gosta de Copenhague, Marcelo. Mas Marcelo não tinha dito que não gostava de Copenhague, só um pouco absurdo aquilo de viajar em plena chuva e semanas e mochila para mais provavelmente descobrir que os hippies já estavam na Califórnia, mas não percebe que não me incomoda, eu lhe disse que não os conheço, levo-lhes uns desenhos que Cecilia e Marcos me deram em Santiago e um disquinho de *Mothers of Invention*, será que aqui não tem uma vitrola para eu botar o disco?, provavelmente tarde demais e Kindberg, olhe só, ainda se fossem violinos ciganos mas essas mães, che, só a ideia, e Lina rindo com muito creme e barriguinha debaixo do pulôver preto, os dois rindo ao pensar nas mães uivando em Kindberg, a cara do hoteleiro e aquele calor que há pouco substituía as cócegas no estômago, perguntando-se se não seria difícil, se finalmente a espada lendária na cama, em todo caso o rolo do travesseiro e um de cada lado barreira moral espada moderna, Shepp, pronto, começa a espirrar, tome a aspirina que já vão trazer o café, vou pedir conhaque que ativa o salicílico, aprendi isso de boa fonte. E na realidade ele não tinha dito que não gostava de Copenhague mas a ursinha parecia entender o tom de sua voz mais do que as palavras, como ele quando aquela professora pela qual se apaixonara aos doze anos, que importância tinham as palavras ante aquele arrulho, aquilo que nascia da voz como um desejo de calor, de que o agasalhassem e carícias no cabelo, tantos anos depois a psicanálise: angústia, ah, nostalgia do útero primitivo, tudo no fim de contas desde o vamos flutuava sobre as águas, leia a Bíblia, cinquenta mil pesos para curar as vertigens e agora essa fedelha que parecia tirar pedaços dele mesmo, Shepp, mas claro, se você engole em seco como é que ela não vai grudar na garganta, tolinha. E ela mexendo o café, de repente levantando uns olhos aplicados e olhando-o com um novo respeito, claro que se começasse a caçoar dele ia pagar dobrado mas não, deveras Marcelo, gosto quando você fica tão doutor e tão papai, não fique zangado, sempre digo o que não teria de, não fique zangado, mas se eu não fico zangado, boboca, sim, você ficou um pouquinho zangado porque eu disse doutor e papai, não era nesse sentido, mas justamente se nota tão bem quando você me fala da aspirina e, olhe só, você se lembrou de procurá-la e trazê-la, eu já tinha esquecido, Shepp, veja como me fazia falta, e você é um pouco engraçado porque me olha tão doutor, não zangue, Marcelo, que bom este conhaque com café; que bom para dormir, você sabe. E sim, na estrada desde as sete horas da manhã, três carros e um caminhão, bastante bem no conjunto a não ser o temporal no fim mas depois Marcelo e Kindberg e o conhaque Shepp. E deixar a mão muito quieta, palma para cima sobre a toalha de mesa cheia de migalhas quando ele a acariciou ligeiramente para dizer que não, que não estava zangado porque agora sabia que era verdade, que realmente a tinha comovido aquele cuidado minucioso, o comprimido que ele puxara do bolso com instruções detalhadas, muita água para que não grudasse na garganta, café e conhaque; de repente amigos, mas de verdade, e o fogo devia estar aquecendo mais ainda o quarto, a arrumadeira já teria dobrado os lençóis como sem dúvida sempre em Kindberg, uma espécie de cerimônia antiga de boas-vindas ao viajante cansado, às ursinhas bobas que queriam se molhar até Copenhague e depois, mas que importância tem depois, Marcelo, já lhe disse que não quero me amarrar, nãoqueronãoquero, Copenhague é como um homem que você encontra e deixa (ah), um dia que passa, não acredito no futuro, na minha família só falam do futuro, me enchem o saco com o futuro, e a ele também seu tio Roberto transformado no tirano carinhoso para tomar conta de Marcelito órfão de pai e tão pequeno ainda o coitado, é preciso pensar no amanhã, meu filho, a aposentadoria ridícula do tio Roberto, o que faz falta é um governo forte, a juventude de hoje só pensa em se divertir, porra, no meu tempo em compensação, e a ursinha deixando-lhe a mão em cima da toalha de mesa e por que aquela sucção idiota, aquele voltar a um Buenos Aires de trinta ou de quarenta, melhor Copenhague, che, melhor Copenhague e os hippies e a chuva na beira do caminho, mas ele nunca tinha pedido carona, praticamente nunca, uma ou duas vezes antes de entrar na universidade, depois já tinha para se virar, para o alfaiate, e entretanto teria podido aquela vez que os rapazes planejavam pegar juntos um veleiro que demorava três meses para chegar a Rotterdam, carga e escalas e total seiscentos pesos ou algo parecido, ajudando um pouco a tripulação, divertindo-se, claro que vamos, no café Rubí do Once, claro que vamos, Monito, é preciso juntar os seiscentos mangos, não era fácil, o ordenado vai embora em cigarros e alguma mulherzinha, um dia não se viram mais, já não se falava do veleiro, é preciso pensar no amanhã, meu filho, Shepp. Ah, outra vez; venha, você tem de descansar, Lina. Sim doutor, mas apenas um momentinho mais, olhe que fica este fundo de conhaque tão morno, prove, sim, veja como está morno. E alguma coisa que ele devia ter dito sem saber que enquanto se lembrava do Rubí porque de novo Lina com aquela maneira de lhe adivinhar a voz, o que realmente dizia sua voz mais do que o que estava lhe dizendo que era sempre idiota e aspirina e você precisa descansar ou por que ir para Copenhague por exemplo quando agora, com essa mãozinha branca e quente debaixo da dele, tudo podia se chamar Copenhague, tudo poderia chamar-se veleiro se seiscentos pesos, se os bagos, se poesia. E Lina olhando-o e depois abaixando rápido os olhos como se tudo aquilo estivesse ali em cima da mesa, entre as migalhas, já lixo do tempo, como se ele tivesse lhe falado de tudo isso em vez de repetir-lhe venha, você tem de descansar, sem animar-se ao plural mais lógico, venha vamos dormir, e Lina que se regalava e se lembrava de uns cavalos (ou eram vacas, mal escutava o final da frase), uns cavalos atravessando o campo como se alguma coisa os tivesse espantado de repente: dois cavalos brancos e um alazão, no sítio de meus tios você não sabe o que era galopar de tarde contra o vento, voltar tarde e cansada e as recriminações, machona, agora mesmo, espera, acabo este golezinho e agora, agora mesmo, olhando-o com toda a franja ao vento como se a cavalo no sítio, soprando-se o nariz porque o conhaque tão forte, precisava ser idiota para colocar problemas quando tinha sido ela no grande corredor negro, ela chapinhando e contente e dois quartos que bobagem, peça um só, assumindo evidentemente todo o sentido daquela economia, sabendo e talvez habituada e esperando aquilo ao término de cada etapa, mas se no fim não fosse assim já que não parecia assim, se no fim surpresas, a espada no meio da cama, se no fim subitamente no divã do canto, claro que então ele, um cavalheiro, não esqueça a gravata, nunca vi uma escada tão larga, na certa foi um palácio, houve condes que davam festas com candelabro e coisas assim, e as portas, repare nessa porta, mas se é a nossa, pintada com cervos e pastores, não pode ser. E o fogo, as vermelhas salamandras fugidias e a cama aberta branquíssima enorme e as cortinas sufocando as janelas, ai que ótimo, que bom, Marcelo, como vamos dormir, espere pelo menos que eu lhe mostre o disco, tem uma capa linda, eles vão gostar, está aqui no fundo com as cartas e os planos, não o perdi, Shepp. Amanhã você mostra, está se resfriando de verdade, dispa-se depressa, melhor apagar a luz assim vemos o fogo, oh, sim, Marcelo, que brasas, todos os gatos juntos, olhe as faíscas, está bom no escuro, dá pena dormir, e ele deixando o casaco no encosto de um sofá, aproximando-se da ursinha encolhida contra a lareira, tirando os sapatos junto dela, agachando-se para sentar em frente ao fogo, vendo correr o lume e as sombras pelo seu cabelo solto, ajudando-a a desabotoar a blusa, procurando o fecho do sutiã, sua boca já contra o ombro nu, as mãos indo caçar entre as faíscas, fedelhinha, ursinha boba, em dado momento já despidos de pé em frente ao fogo e beijando-se, fria a cama e branca e de repente nada, um fogo total correndo pela pele, a boca de Lina em seu cabelo, em seu peito, as mãos pelas costas, os corpos deixando-se levar e conhecer e uma queixa apenas, uma respiração ansiosa e ter de dizer-lhe porque aquilo sim tinha de dizer, antes do fogo e do sono tinha de dizer-lhe, Lina, você não está fazendo isto por gratidão, não é verdade?, e as mãos perdidas em suas costas subindo como chicotes até seu rosto, sua garganta, apertando-o furiosas, inofensivas, dulcíssimas e furiosas, pequenas e raivosamente fincadas, quase um soluço, uma queixa de protesto e negativa, uma raiva também na voz, como pode, como pode Marcelo, e já assim, então sim, tudo bem assim, perdoe meu amor perdoe tinha que lhe dizer perdoe doce perdoe, as bocas, o outro fogo, as carícias de rosadas bordas, a borbulha que treme entre os lábios, fases do conhecimento, silêncios em que tudo é pele ou lento escorrer de cabelo, rajada de pálpebra, negativa e súplica, garrafa de água mineral que se bebe no gargalo, que vai passando por uma mesma sede de uma boca a outra, acabando nos dedos que tateiam na mesa de cabeceira, que acendem, há aquele sinal de cobrir o abajur com um slip, com qualquer coisa, de dourar o ar para começar a olhar Lina de costas, a ursinha de lado, a ursinha de barriga para baixo, a pele suave de Lina que lhe pede um cigarro, que senta contra os travesseiros, você é ossudo e cabeludíssimo, Shepp, deixe que eu o cubro um pouco se encontro o cobertor, olhe-o nos pés, acho que as beiradas chamuscaram, como é que não percebemos, Shepp.

Depois o fogo lento e baixo da chaminé, neles, decrescendo e dourando-se, a água já bebida, os cigarros, os cursos universitários eram um nojo, me chateavam tanto, a melhor coisa foi aprendida nos cafés, lendo antes do cinema, falando com Cecilia e com Pirucho, e ele a ouvindo, o Rubí, tão parecido com o Rubí vinte anos antes, Arlt e Rilke e Eliot e Borges, só que Lina sim, ela sim em seu veleiro de carona, nas suas singraduras de Renault ou de Volkswagen, a ursinha entre folhas secas e chuva na franja, mas por que outra vez tanto veleiro e tanto Rubí, ela que não os conhecia, que sequer tinha nascido, chileninha fedelha vagabunda Copenhague, por que desde o começo, da sopa e do vinho branco aquele ir jogando na cara sem saber tanta coisa passada e perdida, tanto cachorro enterrado, tanto veleiro por seiscentos pesos, Lina o olhando de seu semissono, escorregando nos travesseiros com um suspiro de animal satisfeito, procurando-lhe a cara com as mãos, gosto de você, ossudo, você já leu todos os livros, Shepp, quero dizer que com você a gente se sente bem, está de volta, tem essas mãos grandes e fortes, tem vida por trás, não é velho. De maneira que a ursinha o sentia vivo apesar de, mais vivo que os da sua idade, os cadáveres do filme de Romero e quem seria aquele debaixo da franja onde o pequeno teatro escorregava agora molhado em direção ao sono, os olhos entrefechados e olhando-o, pegá-la docemente uma vez mais, sentindo-a e deixando-a ao mesmo tempo, ouvir seu ronronar de meio protesto, estou com sono, Marcelo, assim não, sim, meu amor, sim, seu corpo leve e duro, as coxas tensas, o ataque devolvido duplicado sem trégua, não já Marlene em Bruxelas, as mulheres como ele, pausadas e seguras, com todos os livros lidos, ela a ursinha, sua maneira de receber sua força e respondê-la mas depois, ainda na beira daquele vento cheio de chuva e gritos, escorregando por sua vez no semissono, perceber que também aquilo era veleiro e Copenhague, sua cara afundada entre os seios de Lina era a cara do Rubí, as primeiras noites adolescentes com Mabel ou com Nélida no apartamento emprestado do Monito, as rajadas furiosas e elásticas e quase em seguida por que não saímos para dar uma volta pelo centro, me dê os bombons, se mamãe souber. Então nem assim, nem no amor se abolia aquele espelho para trás, o velho retrato de si mesmo jovem que Lina lhe punha pela frente acariciando-o e Shepp e durmamos já e outro pouquinho de água por favor; como ter sido ela, a partir dela em cada coisa, insuportavelmente absurdo irreversível e no fim o sono entre as últimas carícias murmuradas e todo o cabelo da ursinha varrendo-lhe a cara como se alguma coisa nela soubesse, como se quisesse apagá-lo para que acordasse outra vez Marcelo, como acordou às nove e Lina no sofá se penteava cantarolando, já vestida para outra estrada e outra chuva. Não falaram muito, foi um desjejum rápido e fazia sol, a muitos quilômetros de Kindberg pararam para tomar outro café, Lina quatro cubos de açúcar e a cara lavada, ausente, uma espécie de felicidade abstrata, e então você sabe, não zangue, diga que não vai se zangar, mas claro que não, diga o que for, se precisa de alguma coisa, parando no exato limite do lugar-comum porque a palavra tinha estado ali como as notas em sua carteira, esperando que as usassem e já a ponto de dizê-la quando a mão de Lina tímida na sua, a franja cobrindo-lhe os olhos e por fim perguntar-lhe se podia continuar mais um pouco com ele embora já não fosse o mesmo caminho, que importância tinha, continuar mais um pouco com ele porque se sentia tão bem, que durasse mais um pouquinho com aquele sol, dormiremos no bosque, mostrarei a você o disco e os desenhos, só até a noite se você quiser, e sentir que sim, que queria, que não havia razão para que não quisesse, e afastar lentamente a mão e dizer-lhe que não, melhor não, sabe, aqui você vai encontrar fácil, é um grande cruzamento, e a ursinha aceitando como subitamente golpeada e distante, comendo com a cara abaixada os cubos de açúcar, vendo-o pagar e levantar-se e trazer-lhe a mochila e beijá-la no cabelo e dar-lhe as costas e perder-se numa furiosa mudança de velocidades, cinquenta, oitenta, cento e dez, o caminho aberto para os corretores de materiais pré-fabricados, o caminho sem Copenhague e somente cheio de veleiros podres nas valas, de empregos cada vez mais bem pagos, do murmúrio portenho do Rubí, da sombra do plátano solitário na curva, do tronco onde se incrustou a cento e sessenta com a cara enfiada no volante como Lina abaixara a cara porque as ursinhas abaixam a cara dessa maneira para comer o açúcar.

As fases de Severo

In memoriam de Remedios Varo

Tudo estava quieto, como de algum modo congelado em seu próprio movimento, seu cheiro e sua forma que continuavam e mudavam com a fumaça e a conversa em voz baixa entre cigarros e drinques. Bebe Pessoa já tinha dado três palpites para San Isidro, a irmã de Severo costurava os quatro níqueis nas pontas do lenço para quando chegasse o sono de Severo. Não éramos tantos mas de repente uma casa fica pequena, entre duas frases se arma o cubo transparente de dois ou três segundos de suspensão, e em momentos como esse alguns deviam sentir como eu que tudo aquilo, por mais forçoso que fosse, nos dava pena por causa de Severo, por causa da mulher de Severo e dos amigos de tantos anos.

Por volta das onze horas da noite tínhamos chegado com Ignacio, Bebe Pessoa e meu irmão Carlos. Éramos um pouco da família, sobretudo Ignacio que trabalhava no mesmo escritório que Severo, e entramos sem que reparassem muito em nós. O filho mais velho de Severo nos pediu para entrar no quarto, mas Ignacio disse que ficaríamos um pouco na sala de jantar; na casa havia gente por toda parte, amigos ou parentes que também não queriam incomodar e iam sentando nos cantos ou se juntavam ao lado da mesa ou de um guarda-louça para conversar ou entreolhar-se. De vez em quando os filhos ou a irmã de Severo traziam café e copos de aguardente, e quase sempre naqueles momentos tudo se tranquilizava como se congelasse em seu próprio movimento e na memória começava a esvoaçar uma frase idiota: "Passa um anjo", mas embora depois eu comentasse uma dupla do negro Acosta em Palermo, ou Ignacio acariciasse o cabelo crespo do filho mais moço de Severo, todos sentíamos que no fundo a imobilidade continuava, que estávamos como esperando coisas já acontecidas ou que tudo que podia acontecer era talvez outra coisa ou nada, como nos sonhos, embora estivéssemos acordados e de vez em quando, sem querer ouvir, ouvíssemos o choro da mulher de Severo, quase tímido num canto da sala onde os parentes mais próximos deviam estar lhe fazendo companhia.

A gente vai se esquecendo da hora nessas ocasiões, ou como disse rindo Bebe Pessoa, é ao contrário e a hora se esquece da gente, mas pouco depois veio o irmão de Severo dizendo que ia começar o suor, e amassamos as pontas de cigarro e fomos entrando um por um no quarto onde cabiam quase todos porque a família havia tirado os móveis e só ficavam a cama e uma mesa de cabeceira. Severo estava sentado na cama, apoiado nos travesseiros, e nos pés se via um cobertor de sarja azul e uma toalha azul-celeste. Não havia nenhuma necessidade de estar calado, e os irmãos de Severo nos convidavam com sinais cordiais (são tão boa gente todos) a nos aproximarmos da cama, a cercar Severo que estava com as mãos cruzadas por cima dos joelhos. Até o filho mais moço, tão pequeno, estava agora ao lado da cama olhando o pai com cara de sono.

A fase do suor era desagradável porque no fim era preciso trocar os lençóis e o pijama, até os travesseiros iam ficando empapados e pesavam como enormes lágrimas. Ao contrário de outras pessoas que segundo Ignacio tendiam a impacientar-se, Severo permanecia imóvel, sem sequer nos olhar, e quase em seguida o suor lhe cobriu a cara e as mãos. Seus joelhos se recortavam como duas manchas escuras, e embora sua irmã enxugasse a cada momento o suor das faces, a transpiração brotava de novo e caía sobre o lençol.

— Até que na verdade ele está muito bem — insistiu Ignacio que ficara perto da porta. — Seria pior se se mexesse, os lençóis se grudam que dá medo.

— Papai é um homem tranquilo — disse o filho mais velho de Severo. — Não é dos que dão trabalho.

— Agora vai acabar — disse a mulher de Severo, que entrara ao final, trazendo um pijama limpo e um jogo de lençóis. Acho que todos sem exceção a admiramos como nunca naquele momento, porque sabíamos que havia chorado pouco tempo antes e agora era capaz de atender o marido com uma cara tranquila e sossegada, até enérgica. Suponho que alguns parentes disseram frases animadoras a Severo, eu já estava outra vez no saguão e a filha mais moça me oferecia uma xícara de café. Teria gostado de puxar conversa com ela para distraí-la, mas entravam outras pessoas e Manuelita é um pouco tímida, talvez pense que estou interessado nela e prefiro ficar neutro. Em compensação Bebe Pessoa é dos que vão e vêm pela casa e pelas pessoas como se nada acontecesse, e ele, Ignacio e o irmão de Severo já tinham formado um grupo com algumas primas e suas amigas, falando de tomar chimarrão que naquela hora cairia bem a todos porque faz descer o assado. No fim não foi possível, num daqueles momentos em que de repente ficávamos imóveis (insisto em que nada mudava, continuávamos falando ou gesticulando, mas era assim e de certa maneira é preciso dizê-lo e dar-lhe uma razão ou um nome), o irmão de Severo veio com um lampião a gás e nos avisou da porta que ia começar a fase dos saltos. Ignacio tomou o café de um gole só e disse que aquela noite tudo parecia acontecer mais depressa; foi um dos que se colocaram perto da cama, com a mulher de Severo, e o menino menor ria porque a mão direita de Severo oscilava como um metrônomo. Sua mulher lhe vestira um pijama branco e a cama estava outra vez impecável; cheiramos a água-de-colônia e Bebe fez um sinal de admiração para Manuelita, que devia ter pensado naquilo. Severo deu o primeiro salto e ficou sentado na beira da cama, olhando para a irmã que o animava com um sorriso um pouco estúpido e desajeitado. Que necessidade havia daquilo, pensei eu, que prefiro as coisas claras; e que podia importar a Severo que a irmã o animasse ou não. Os saltos se sucediam ritmicamente: sentado na beira da cama, sentado contra a cabeceira, sentado na beira oposta, de pé no meio da cama, de pé no assoalho entre Ignacio e Bebe, de cócoras no assoalho entre a mulher e o irmão, sentado no canto da porta, de pé no meio do quarto, sempre entre os amigos ou parentes, caindo justamente nos vãos enquanto ninguém se mexia e só os olhares o iam seguindo, sentado na beira da cama, de pé contra a cabeceira, de cócoras no meio da cama, ajoelhado na beira da cama, de pé entre Ignacio e Manuelita, de joelhos entre o filho mais moço e eu, sentado no pé da cama. Quando a mulher de Severo anunciou o fim da fase, todos começaram a falar ao mesmo tempo e a felicitar Severo, que estava como alheio; não me lembro quem o acompanhou de volta à cama porque saímos ao mesmo tempo comentando a fase e procurando alguma coisa para matar a sede, e eu fui com Bebe ao pátio para respirar o ar da noite e beber duas cervejas pelo gargalo.

Na fase seguinte houve uma mudança, lembro-me, porque segundo Ignacio tinha de ser a dos relógios e em compensação ouvíamos a mulher de Severo chorar outra vez na sala e quase em seguida apareceu o filho mais velho para nos dizer que já começavam a entrar as traças. Entreolhamo-nos um pouco admirados com Bebe e Ignacio mas não estava excluído que pudesse haver mudanças e Bebe disse a frase habitual sobre a ordem dos fatores e essas coisas; acho que ninguém gostava da mudança mas disfarçávamos ao ir entrando outra vez e formando círculo em volta da cama de Severo, que a família colocara no meio do quarto. O irmão de Severo chegou por último com o lampião a gás, apagou o lustre do teto e empurrou a mesa de cabeceira até os pés da cama; quando colocou o lampião na mesa de cabeceira ficamos calados e quietos, olhando para Severo que se levantara um pouco entre os travesseiros e não parecia cansado demais com as fases anteriores. As traças começaram a entrar pela porta, e as que já estavam nas paredes ou no teto se somaram às outras e começaram a esvoaçar em volta do lampião a gás. Com os olhos muito abertos Severo acompanhava o torvelinho cinzento que aumentava cada vez mais, e parecia concentrar todas as suas forças naquela contemplação sem pestanejar. Uma das traças (era muito grande, acho que na realidade era uma falena mas nesta fase só se fala nas traças e ninguém teria discutido o nome) desligou-se das outras e voou até a cara de Severo; vimos que se grudava em sua face direita e que Severo fechava os olhos por um instante. Uma após outra as traças abandonaram o lampião e voaram em torno de Severo, grudando-se no cabelo, na boca e na testa até transformá-lo numa enorme máscara trêmula em que só os olhos continuavam sendo seus e fitavam obstinados o lampião a gás onde uma traça teimava em girar procurando a entrada. Senti que os dedos de Ignacio se cravavam no meu braço, e só então percebi que eu também tremia e estava com uma mão afundada no ombro de Bebe. Alguém gemeu, uma mulher, provavelmente Manuelita que não sabia dominar-se como os outros, e naquele mesmo instante a última traça voou em direção à cara de Severo e se perdeu na massa cinzenta. Todos gritamos ao mesmo tempo, abraçando-nos e batendo palmas enquanto o irmão de Severo corria para acender o lustre do teto; uma nuvem de traças procurava desordenadamente a saída e Severo, outra vez a cara de Severo, continuava olhando para o lampião já inútil e mexia cautelosamente a boca como se temesse envenenar-se com a poeira prateada que lhe cobria os lábios.

Não fiquei lá porque tinham de lavar Severo e alguém já falava sobre uma garrafa de bagaceira na cozinha, além do que nesses casos sempre surpreende como as repentinas recaídas na normalidade, por assim dizer, distraem e até enganam. Acompanhei Ignacio, que conhecia todos os cantos, nos enchemos de bagaceira com Bebe e o filho mais velho de Severo. Meu irmão Carlos deitara num banco e fumava com a cabeça baixa, respirando forte; levei-lhe um copo e ele bebeu de um gole só. Bebe Pessoa teimava que Manuelita tomasse um trago, e até lhe falava de cinema e de corridas; eu engolia uma bagaceira após outra sem querer pensar em nada, até que não aguentei mais e procurei Ignacio, que parecia estar à minha espera de braços cruzados.

— Se a última traça tivesse escolhido... — comecei.

Ignacio fez um lento sinal negativo com a cabeça. Evidentemente, não havia o que perguntar; pelo menos naquele momento não havia o que perguntar; não sei se compreendi de todo mas tive a sensação de um grande vácuo, algo semelhante a uma cripta vazia que em alguma parte da memória latejava lentamente com um gotejar de filtrações. Na negação de Ignacio (e de longe me parecera que Bebe Pessoa também negava com a cabeça, e que Manuelita nos olhava com ansiedade, tímida demais para negar também) havia uma espécie de suspensão do juízo, um não querer prosseguir; as coisas eram assim em seu presente absoluto, como iam acontecendo. Então podíamos continuar, e quando a mulher de Severo entrou na cozinha para avisar que Severo ia dizer os números, deixamos os copos pela metade e nos apressamos, Manuelita entre Bebe e eu, Ignacio atrás com meu irmão Carlos que sempre chega atrasado a tudo.

Os parentes já estavam amontoados no quarto e não sobrava muito lugar para ficar. Eu acabava de entrar (agora o lampião a gás ardia no chão, ao lado da cama, mas o lustre continuava aceso) quando Severo se levantou, pôs as mãos nos bolsos do pijama, e olhando para seu filho mais velho disse: "6", olhando para sua mulher disse: "20", olhando para Ignacio disse: "23", com uma voz tranquila e vinda de baixo sem se apressar. Para sua irmã disse 16, para seu filho mais moço 28, para outros parentes foi dizendo números quase sempre altos, até que para mim disse o 2, e senti que Bebe me olhava de soslaio e apertava os lábios, esperando sua vez. Mas Severo pôs-se a dizer números para outros parentes e amigos, quase sempre acima de 5 e sem repetir jamais. Quase no fim disse 14 para Bebe, e Bebe abriu a boca e estremeceu como se lhe passasse um grande vento entre as sobrancelhas, esfregou as mãos e depois sentiu vergonha e as escondeu nos bolsos da calça no momento em que Severo dizia 1 para uma mulher de cara muito vermelha, provavelmente uma parenta distante que viera sozinha e quase não falara com ninguém aquela noite, e de repente Ignacio e Bebe se olharam e Manuelita encostou-se na moldura da porta e pareceu que tremia, que se continha para não gritar. As outras pessoas já não prestavam atenção a seus números, Severo os dizia assim mesmo, mas elas começavam a conversar, inclusive Manuelita quando se recompôs e deu dois passos à frente e lhe coube o 9, já ninguém se preocupava e os números acabaram num oco 24 e num 12 que couberam a um parente e a meu irmão Carlos; o próprio Severo parecia menos concentrado e com o último número atirou-se para trás e se deixou cobrir pela mulher, fechando os olhos como quem está desinteressado ou esquecido.

— Evidentemente é uma questão de tempo — disse Ignacio quando saímos do quarto. — Os números em si mesmos não querem dizer nada.

— Você acha? — perguntei-lhe bebendo um gole do copo que Bebe tinha me trazido.

— Mas é claro — disse Ignacio. — Olhe que do 1 ao 2 podem se passar anos, põe aí dez ou vinte, talvez mais.

— Com certeza — concordou Bebe. — Se eu fosse você não ficava aflito.

Pensei que ele havia me trazido o copo sem que ninguém pedisse, incomodando-se em ir até a cozinha com todas aquelas pessoas. E a ele coubera o 14 e a Ignacio o 23.

— Sem contar que existe o caso dos relógios — disse meu irmão Carlos, que se colocara a meu lado e pousara a mão em meu ombro. — Aquilo não se entende muito bem, mas talvez tenha sua importância. Se cabe a você atrasar...

— Vantagem adicional — disse Bebe, tirando-me o copo vazio da mão como se tivesse medo de que caísse.

Estávamos no saguão ao lado do quarto, e por isso estávamos entre os primeiros a entrar quando o filho mais velho de Severo veio precisamente para nos dizer que começava a fase dos relógios. Pareceu-me que a cara de Severo emagrecera de repente, mas sua mulher acabara de penteá-lo e cheirava de novo a água-de-colônia, o que sempre dá confiança. Eu estava cercado por meu irmão, Ignacio e Bebe como para tomar conta do meu ânimo, e em compensação não havia ninguém que se ocupasse da parenta que tirara o número 1 e que estava aos pés da cama com a cara mais vermelha que nunca, com a boca e as pálpebras tremendo. Sem sequer olhar para ela Severo disse ao filho mais moço que chegasse para a frente, o garoto não entendeu e pôs-se a rir até que a mãe o segurou pelo braço e lhe tirou o relógio do pulso. Sabíamos que era um gesto simbólico, bastava simplesmente adiantar ou atrasar os ponteiros sem reparar no número de horas ou minutos, visto que ao sair do quarto tornaríamos a acertar os relógios. Já diversos tinham recebido a incumbência de adiantar ou atrasar, Severo distribuía as indicações quase mecanicamente, sem se interessar; quando me coube atrasar, meu irmão tornou a cravar-me os dedos no ombro; desta vez lhe agradeci, pensando como Bebe que podia ser uma vantagem adicional embora ninguém pudesse ter certeza; e também cabia atrasar à parenta de cara vermelha, e a coitada enxugava umas lágrimas de gratidão, talvez totalmente inúteis no fim das contas, e ia ao pátio para ter um bom ataque de nervos entre os vasos de plantas; alguma coisa ouvimos depois, da cozinha, entre novos copos de bagaceira e as felicitações de Ignacio e de meu irmão.

— Em breve será o sono — disse-nos Manuelita —, mamãe manda dizer para vocês se prepararem.

Não havia muito que preparar, voltamos devagar ao quarto, arrastando o cansaço da noite; logo amanheceria e o dia era útil, quase todos tinham de chegar aos empregos às nove ou às nove e meia; de repente começava a fazer mais frio, a brisa gelada no pátio metendo-se pelo saguão, mas no quarto as luzes e as pessoas esquentavam o ar, quase ninguém falava e bastava olhar-se para ir conseguindo lugar, colocando-se em volta da cama depois de apagar os cigarros. A mulher de Severo estava sentada na cama, ajeitando os travesseiros, mas levantou-se e ficou na cabeceira; Severo olhava para cima, ignorando-nos olhava o lustre aceso, sem pestanejar, com as mãos apoiadas no ventre, imóvel e indiferente olhava sem pestanejar para o lustre aceso e então Manuelita se aproximou da beira da cama e todos vimos em sua mão o lenço com os níqueis amarrados nas quatro pontas. Só restava esperar, quase suando naquele ar fechado e quente, cheirando agradecidos a água-de-colônia e pensando no momento em que finalmente poderíamos ir embora da casa e fumar falando na rua, discutindo ou não sobre aquela noite, provavelmente não mas fumando até nos perder pelas esquinas. Quando as pálpebras de Severo começaram a descer lentamente, apagando-lhe aos poucos a imagem do lustre aceso, senti perto de minha orelha a respiração sufocada de Bebe Pessoa. Subitamente havia uma mudança, um afrouxamento, sentia-se como se não fôssemos mais que um só corpo de incontáveis pernas e mãos e cabeças afrouxando-se de repente, compreendendo que era o fim, o sono de Severo que começava, e o sinal de Manuelita ao inclinar-se sobre o pai e cobrir-lhe a cara com o lenço, dispondo as quatro pontas de maneira que o sustentassem naturalmente, sem rugas nem espaços descobertos, era a mesma coisa que aquele suspiro contido que nos envolvia a todos, cobria-nos a todos com o mesmo lenço.

— Agora ele vai dormir — disse a mulher de Severo. — Já está dormindo, olhem só.

Os irmãos de Severo tinham levado um dedo aos lábios mas não era necessário, ninguém teria dito nada, começávamos a nos movimentar na ponta dos pés, apoiando-nos uns nos outros para sair sem ruído. Alguns olhavam ainda para trás, o lenço sobre a cara de Severo, como se quisessem ter certeza de que Severo estava dormindo. Senti contra minha mão direita um cabelo crespo e duro, era o filho mais moço de Severo que um parente colocara perto dele para que não falasse nem se mexesse, e agora tinha vindo grudar-se em mim, brincando de andar na ponta dos pés e olhando-me de baixo com uns olhos interrogativos e cansados. Acariciei-lhe o queixo, as faces, levando-o contra mim fui saindo para o saguão e o pátio, entre Ignacio e Bebe que já puxavam os maços de cigarro; o cinza do amanhecer com um galo lá no fundo nos ia devolvendo a vida de cada um, o futuro já instalado naquele cinza e naquele frio, terrivelmente belo. Pensei que a mulher de Severo e Manuelita (talvez os irmãos e o filho mais velho) ficassem lá dentro velando o sono de Severo, mas nós já estávamos a caminho da rua, deixávamos atrás a cozinha e o pátio.

— Não vão brincar mais? — perguntou-me o filho de Severo, caindo de sono mas com a obstinação de todos os garotos.

— Não, agora é preciso dormir — disse-lhe. — Sua mãe vai botar você na cama, vá para dentro que está frio.

— Era uma brincadeira, não é mesmo, Julio?

— Sim, velho, era uma brincadeira. Agora vá dormir.

Com Ignacio, Bebe e meu irmão chegamos à primeira esquina, acendemos outro cigarro sem falar muito. Outros já estavam longe, alguns continuavam de pé na porta da casa, consultando-se sobre bondes ou táxis; conhecíamos bem o bairro, podíamos continuar juntos os primeiros quarteirões, depois Bebe e meu irmão virariam à esquerda, Ignacio continuaria uns quarteirões mais, e eu subiria ao meu quarto e poria para esquentar a chaleira do chimarrão, em suma, não valia a pena deitar-se por tão pouco tempo, era melhor calçar os chinelos e fumar e tomar chimarrão, essas coisas que ajudam.

Pescoço de gatinho preto

Além do mais não era a primeira vez que lhe acontecia, mas de qualquer maneira sempre tinha sido Lucho quem tomara a iniciativa, encostando a mão como por descuido para roçar a de uma loura ou uma ruiva que lhe caía bem, aproveitando os vaivéns nas curvas do metrô, então havia uma resposta por aí, havia gancho, um dedinho que ficava preso um momento antes da cara de desagrado ou indignação, tudo dependia de tantas coisas, às vezes saía bem, corria, o resto entrava no jogo como iam entrando as estações nas janelas do vagão, mas aquela tarde acontecia de outra maneira, em primeiro lugar Lucho estava gelado e com o cabelo cheio de neve que se derretera na plataforma e gotas frias escorriam para dentro do cachecol, subira ao metrô na estação da rue du Bac sem pensar em nada, um corpo grudado a tantos outros esperando que em dado momento fosse a estufa, o copo de conhaque, a leitura do jornal antes de começar a estudar alemão entre sete e meia e nove, a mesma coisa de sempre a não ser aquela luvinha preta na barra de apoio, entre montes de mãos e cotovelos e casacos uma luvinha preta agarrada na barra metálica e ele com sua luva marrom molhada firme na barra para não cair em cima da senhora dos embrulhos e da menina chorona, de repente a consciência de que um dedo pequenino estava como subindo a cavalo por sua luva, que aquilo vinha de uma manga de pele de coelho muito usada, a mulata parecia muito jovem e olhava para baixo como alheia, um balanço a mais entre o balanço de tantos corpos comprimidos; aquilo parecera a Lucho um desvio da regra bastante divertido, deixou a mão solta, sem responder, imaginando que a jovem estava distraída, que não percebia aquela ligeira cavalgada no cavalo molhado e quieto. Gostaria de ter tido lugar suficiente para puxar o jornal do bolso e ler as manchetes onde se falava de Biafra, de Israel e dos Estudantes de La Plata, mas o jornal estava no bolso direito e para tirá-lo teria de soltar a mão da barra, perdendo o apoio necessário nas curvas, de modo que o melhor era ficar firme, abrindo um pequeno vácuo precário entre sobretudos e embrulhos para que a menina ficasse menos triste e sua mãe não continuasse a lhe falar naquele tom de cobrador de impostos.

Quase não tinha olhado para a jovem mulata. Agora imaginou a mecha de cabelo crespo sob o capuz do casaco e pensou criticamente que com o calor do vagão ela bem podia ter colocado o capuz para trás, justamente quando o dedo lhe acariciava de novo a luva, primeiro um dedo e depois dois subindo no cavalo úmido. A curva antes de Montparnasse-Bienvenue empurrou a jovem contra Lucho, sua mão escorregou do cavalo para segurar-se na barra, tão pequena e tola ao lado do grande cavalo que naturalmente procurava agora as cócegas com um focinho de dois dedos, sem forçar, divertido e ainda distante e úmido. A jovem pareceu perceber de repente (mas sua distração, antes, também, tivera algo de repentino e brusco), e afastou um pouco mais a mão, olhando para Lucho do vácuo escuro formado pelo capuz para depois reparar em sua própria mão como se não estivesse de acordo ou estudasse as distâncias da boa educação. Muita gente havia descido em Montparnasse-Bienvenue e Lucho já podia puxar o jornal, mas em vez de puxá-lo ficou estudando o comportamento da mãozinha enluvada com uma atenção um pouco zombeteira, sem olhar para a jovem que tinha outra vez os olhos postos nos sapatos agora bem visíveis no chão sujo onde de repente faltavam a menina chorona e tanta gente que estava descendo na estação Falguière. O solavanco obrigou as duas luvas a se crisparem na barra, separadas e agindo por sua conta, mas o trem estava parado na estação Pasteur quando os dedos de Lucho buscaram a luva preta que não se afastou como da primeira vez mas pareceu afrouxar-se na barra, tornar-se ainda menor e mais mole sob a pressão de dois, de três dedos, de toda a mão que subia numa lenta posse delicada, sem encostar-se demais, segurando e soltando ao mesmo tempo, e no vagão quase vazio agora que se abriam as portas na estação Volontaires, a moça girando pouco a pouco sobre um pé enfrentou Lucho sem levantar o rosto, como se o olhasse da luvinha coberta por toda a mão de Lucho, e quando finalmente o olhou, sacudidos os dois por um solavanco entre Volontaires e Vaugirard, seus grandes olhos metidos na sombra do capuz estavam lá como se esperassem, fixos e graves, sem o menor sorriso nem censura, sem mais nada a não ser uma espera interminável que vagamente fez mal a Lucho.

— É sempre assim — disse a jovem. — Não se pode com elas.

— Ah — disse Lucho, aceitando o jogo mas perguntando a si mesmo por que não era divertido, por que não o sentia como jogo embora não pudesse ser outra coisa, não havia razão alguma para imaginar que fosse outra coisa.

— Não se pode fazer nada — repetiu a jovem. — Não entendem ou não querem entender, sei lá, mas não se pode fazer nada contra.

Estava falando com a luva, olhando Lucho sem vê-lo, estava falando com a luvinha preta quase invisível sob sua luva marrom.

— Comigo acontece a mesma coisa — disse Lucho. — São incorrigíveis, é verdade.

— Não é a mesma coisa — disse a jovem.

— Oh, sim, você viu.

— Não vale a pena falar — disse ela, baixando a cabeça. — Desculpe, a culpa foi minha.

Era o jogo, claro, mas por que não era divertido, por que ele não o sentia como jogo embora não pudesse ser outra coisa, não havia razão alguma para imaginar que fosse outra coisa.

— Digamos que a culpa tenha sido delas — disse Lucho afastando a mão para marcar o plural, para denunciar as culpadas na barra, as enluvadas silenciosas distantes quietas na barra.

— É diferente — disse a jovem. — Você acha que é a mesma coisa, mas é tão diferente.

— Bem, sempre há uma que começa.

— É, sempre há uma.

Era o jogo, bastava seguir as regras sem imaginar que houvesse outra coisa, uma espécie de verdade ou de desespero. Por que se fazer de tolo em vez de seguir a corrente dela, se ela assim cismava.

— Você tem razão — disse Lucho. — Seria preciso fazer alguma coisa contra, não as deixar.

— Não adianta nada — disse a jovem.

— É verdade, mal a gente se distrai, você está vendo.

— Sim — disse ela. — Embora você esteja falando de brincadeira.

— Oh, não, falo tão sério quanto você. Olhe para elas.

A luva marrom brincava de roçar a luvinha imóvel, passava-lhe um dedo pela cintura, soltava-a, ia até o extremo da barra e ficava olhando para ela, esperando. A moça abaixou ainda mais a cabeça e Lucho tornou a perguntar-se por que tudo aquilo não era divertido agora que não restava outra coisa senão continuar o Jogo.

— Se fosse sério — disse a moça, mas não falava com ele, não falava com ninguém no vagão quase vazio. — Se fosse sério, então talvez.

— É sério — disse Lucho — e realmente não se pode fazer nada contra.

Agora ela o olhou de frente, como se acordasse; o metrô entrava na estação Convention.

— As pessoas não podem entender — disse a moça. — Quando é um homem, claro, logo se imagina que...

Vulgar, naturalmente, e ademais tinha de apressar-se porque só faltavam três estações.

— E pior ainda se for mulher — dizia a moça. — Isso já me aconteceu e eu as vigio desde que subo, o tempo todo, mas é o que você vê.

— Claro — concordou Lucho. — Chega aquele minuto em que a gente se distrai, é tão natural, e então elas aproveitam.

— Não fale por você — disse a jovem. — Não é a mesma coisa. Perdão, eu tive culpa, desço em Corentin Celton.

— Claro que teve culpa — zombou Lucho. — Eu teria de descer em Vaugirard e, veja só, obrigou-me a passar duas estações.

A curva os atirou contra a porta, as mãos deslizaram até se juntarem no extremo da barra. A jovem continuava dizendo alguma coisa, desculpando-se tolamente; Lucho sentiu outra vez os dedos da luva preta que subiam em sua mão, apertavam-na. Quando ela o soltou repentinamente murmurando uma despedida confusa, só havia uma coisa a fazer, segui-la pela plataforma da estação, pôr-se a seu lado e procurar-lhe a mão como perdida no fim da manga, balançando sem sentido.

— Não — disse a moça. — Por favor, não. Deixe-me continuar sozinha.

— Evidente — disse Lucho sem soltar-lhe a mão. — Mas não gosto que você vá embora assim, agora. Se tivéssemos tido mais tempo no metrô...

— Para quê? De que adianta ter mais tempo?

— Talvez tivéssemos acabado por encontrar alguma coisa, juntos. Alguma coisa contra, quero dizer.

— Mas você não entende — disse ela. — Você pensa que...

— Sei lá o que penso — disse honestamente Lucho. — Sei lá se no café da esquina tem um bom café, e se há um café na esquina, porque quase não conheço este bairro.

— Há um café — disse ela — mas é ruim.

— Não me negue que sorriu.

— Não estou negando, mas o café é ruim.

— De qualquer maneira há um café na esquina.

— Sim — disse ela, e desta vez sorriu, fitando-o. — Há um café mas o café é ruim, e você acredita que eu...

— Eu não acredito nada — disse ele, e era verdade.

— Obrigada — disse incrivelmente a moça. Respirava como se escada a cansasse, e Lucho teve a impressão de que ela estava tremendo, mas outra vez a luva preta pequenina dependurada morna inofensiva ausente, outra vez a sentia viver entre seus dedos, contorcer-se, apertar-se enroscar-se bolir estar bem estar morna estar contente acariciante preta luva pequenina dedos dois três quatro cinco um, dedos procurando dedos e luva em luva, preto em marrom, dedo entre dedo, um entre um e três, dois entre dois e quatro. Aquilo acontecia, balançava-se ali perto de seus joelhos, não havia nada a fazer, era agradável e não havia nada a fazer ou era desagradável mas de qualquer jeito não havia nada a fazer, aquilo acontecia ali e não era Lucho quem estava brincando com a mão que metia os dedos entre os seus e se enroscava e bolia, e também não de certo modo a moça que arfava ao chegar no alto da escada e erguia o rosto contra a garoa como se quisesse lavá-lo do ar parado e quente das galerias do metrô.

— Moro ali — disse a moça, mostrando uma janela alta entre tantas janelas de tantos altos imóveis iguais na calçada oposta. — Podíamos fazer um nescafé, é melhor do que ir a um bar, eu acho.

— Ah, sim — disse Lucho, e agora eram seus dedos que iam se fechando lentamente em cima da luva como quem aperta o pescoço de um gatinho preto. O quarto era bastante grande e muito quente, com uma azaleia e um abajur de pé e discos de Nina Simone e uma cama desmanchada que a jovem envergonhadamente e desculpando-se refez aos puxões. Lucho ajudou a colocar xícaras e colheres na mesa perto da janela, fizeram um nescafé forte e doce, ela se chamava Dina e ele Lucho. Contente, como aliviada, Dina falava da Martinica, de Nina Simone, em certos momentos dava impressão de apenas núbil dentro daquele vestido liso cor de lacre, a minissaia assentava-lhe bem, trabalhava num cartório, as fraturas de tornozelo eram penosas mas esquiar em fevereiro na Haute Savoie, ah. Duas vezes ficara olhando-o, começara a dizer alguma coisa com o tom da barra do metrô, mas Lucho gracejara, já decidido a dar o basta, a outra coisa, inútil insistir e ao mesmo tempo admitindo que Dina sofria, que talvez lhe fizesse mal renunciar tão depressa à comédia como se isso tivesse agora a menor importância. E na terceira vez, quando Dina se inclinara para jogar água quente em sua xícara, murmurando de novo que não era culpa dela, que só lhe acontecia de vez em quando, que ele já via como tudo era diferente agora, a água e a colherinha, a obediência de cada gesto, então Lucho tinha compreendido mas sabe-se lá o quê, de repente tinha compreendido e era diferente, era do outro lado, a barra valia, o jogo não tinha sido um jogo, as fraturas do tornozelo e o esqui podiam ir para o inferno agora que Dina falava de novo sem que ele a interrompesse ou a desviasse, deixando-a, sentindo-a quase esperando-a, acreditando porque era absurdo, a menos que só fosse porque Dina com sua carinha triste, seus seios miúdos que desmentiam o trópico, simplesmente porque Dina. Talvez tenha de me internar, dissera Dina sem exagero, como um simples ponto de vista. Não se pode viver assim, compreenda, em qualquer momento ocorre, você é você, mas outras vezes. Outras vezes o quê. Outras vezes insultos, taponas nas nádegas, deitar-se logo, menina, para que perder tempo. Mas então. Então o quê. Mas então, Dina.

— Pensei que tivesse compreendido — disse Dina, hostil. — Quando lhe digo que talvez fosse necessário me internar.

— Bobagens. Mas eu, no começo...

— Já sei. Como não ia lhe ocorrer no começo. Justamente é isso, no começo qualquer um se engana, é tão lógico. Tão lógico, tão lógico. E me internar também seria lógico.

— Não, Dina.

— Mas sim, porra. Perdoe-me. Mas sim. Seria melhor que a outra coisa, que tantas vezes. Ninfo não sei das quantas. Putinha, machona. Seria bem melhor afinal de contas. Ou eu mesma cortá-las com o machado de picar carne. Mas não tenho um machado — disse Dina sorrindo-lhe como para que a perdoasse mais uma vez, tão absurda recostada na poltrona, escorregando cansada, perdida, com a minissaia cada vez mais para cima, esquecida de si mesma, só as olhando tomar uma xícara, botar nescafé, obedientes, hipócritas laboriosas machonas putinhas ninfo não sei das quantas.

— Não diga bobagens — repetiu Lucho, perdido em algo que brincava de qualquer coisa, de desejo, de desconfiança, de proteção. — Já sei que não é normal, seria necessário encontrar as causas, seria necessário que... De qualquer maneira para que ir tão longe. A internação ou o machado, quero dizer.

— Quem sabe — disse ela. — Talvez fosse necessário ir muito longe, até o fim. Talvez fosse a única maneira de sair.

— O que quer dizer longe? — perguntou Lucho, cansado. — E qual é o fim?

— Não sei, não sei de nada. Só tenho medo. Eu também ficaria impaciente se outra pessoa me falasse dessa maneira, mas há dias em que... Sim, dias. E noites.

— Ah — disse Lucho aproximando o fósforo do cigarro. — Porque também de noite, claro.

— Sim.

— Mas não quando está sozinha.

— Também quando estou sozinha.

— Também quando está sozinha. Ah.

— Entenda, quero dizer que...

— Está bem — disse Lucho, tomando o café. — Está muito bom, muito quente. O que precisávamos num dia como este.

— Obrigada — disse ela simplesmente, e Lucho a olhou porque não quisera agradecer-lhe nada, simplesmente sentia a recompensa daquele momento de repouso, de que a barra afinal tivesse acabado.

— Apesar de que não era ruim nem desagradável — disse Dina como se adivinhasse. — Não me incomodo que você não acredite, mas para mim não era ruim nem desagradável, da primeira vez.

— Da primeira vez o quê?

— Isso mesmo, que não fosse ruim nem desagradável.

— Que começassem a..?

— Sim, que de novo começassem a, e que não fosse ruim nem desagradável.

— Alguma vez levaram você presa por causa disso? — perguntou Lucho, descendo a xícara até o pires com um movimento lento e deliberado, guiando sua mão para que a xícara pousasse exatamente no meio do pires. Contagioso, che.

— Não, nunca, mas em compensação... Tem outras coisas. Já lhe disse, os que pensam que é de propósito e também eles começam, como você. Ou se enfurecem, como as mulheres, é preciso descer na primeira estação ou sair correndo da loja ou do café.

— Não chore — disse Lucho. — Não vamos ganhar nada se você começar a chorar.

— Não quero chorar — disse Dina. — Mas nunca pude falar com alguém desta maneira, depois de... Ninguém me acredita, ninguém pode me acreditar, você mesmo não acredita em mim, só que é bom e não quer me fazer mal.

— Agora acredito — disse Lucho. — Até dois minutos atrás eu era como os outros. Talvez você devesse rir em vez de chorar.

— Já vê — disse Dina fechando os olhos. — Já vê que é inútil. Você também não, embora o diga, embora acredite. É idiota demais.

— Você já fez exames?

— Sim. Sabe como é, calmantes e mudanças de ar. Durante algum tempo a gente se engana, pensa que...

— Sim — disse Lucho, estendendo-lhe os cigarros. — Espere. Assim. — Vamos ver o que faz.

A mão de Dina pegou o cigarro com o polegar e o indicador, e ao mesmo tempo o anular e o dedo mínimo trataram de enroscar-se nos dedo de Lucho, que mantinha o braço estendido, olhando fixo. Livre do cigarro, seus cinco dedos desceram até envolver a pequena mão morena, cingiram-na apenas, começando uma lenta carícia que deslizou até deixá-la livre, tremendo no ar; o cigarro caiu dentro da xícara. Subitamente as mãos subiram até o rosto de Dina, dobrada em cima da mesa, quebrando-se num soluço como de vômito.

— Por favor — disse Lucho, levantando a xícara. — Por favor, não. Não chore dessa maneira, é tão absurdo.

— Não quero chorar — disse Dina. — Não deveria chorar, ao contrário, mas você vê.

— Tome, vai lhe fazer bem, está quente; eu faço outro para mim, espere eu lavar a xícara.

— Não, deixe que eu lavo.

Levantaram-se ao mesmo tempo, encontraram-se na beira da mesa. Lucho tornou a deixar a xícara suja em cima da toalha da mesa; as mãos estavam penduradas murchas contra os corpos; só os lábios se roçaram, Lucho encarando-a bem e Dina com os olhos fechados, as lágrimas.

— Talvez — murmurou Lucho —, talvez seja isto o que devemos fazer, a única coisa que devemos fazer, e então.

— Não, não, por favor — disse Dina, imóvel e sem abrir os olhos. — Você não sabe o que... Não, melhor não, melhor não.

Lucho lhe cingira os ombros, apertava-a devagar contra ele, sentia-a respirar contra sua boca, um hálito quente com cheiro de café e de pele morena. Beijou-a em plena boca, afundando-se nela, procurando-lhe os dentes e a língua; o corpo de Dina afrouxava em seus braços, quarenta minutos antes sua mão acariciara a dela na barra de um assento de metrô, quarenta minutos antes uma luva preta pequenina em cima de uma luva marrom. Sentia-se resistir debilmente, repetir a negativa na qual tinha havido como o começo de uma prevenção, mas tudo nela cedia, nos dois, agora os dedos de Dina subiam lentamente pelas costas de Lucho, seu cabelo entrava nos olhos, seu cheiro era um cheiro sem palavras nem prevenções, a colcha azul contra seus corpos, os dedos obedientes procurando os fechos, dispersando roupas, cumprindo as ordens, as suas e as de Dina contra a pele, entre as coxas, as mãos como as bocas e os joelhos e agora os ventres e as cinturas, uma súplica murmurada, uma pressão resistida, um atirar-se para trás, um instantâneo movimento para transferir da boca aos dedos e dos dedos aos sexos aquela espuma quente que a tudo nivelava, que num mesmo movimento unia seus corpos e os lançava ao jogo. Quando acenderam os cigarros na escuridão (Lucho tinha querido apagar o abajur e o abajur caíra no chão com um ruído de vidros quebrados, Dina erguera-se como se estivesse aterrada, recusando-se à escuridão, falara em acender ao menos uma vela e em descer para comprar outra lâmpada, mas ele tornara a abraçá-la na sombra e agora fumavam e se entreviam em cada aspiração da fumaça, e se beijavam de novo), lá fora chovia obstinadamente, o quarto reaquecido os mantinha nus e lassos, roçando-se com mãos e cinturas e cabelos se deixavam estar, acariciavam-se interminavelmente, viam-se com um tato repetido e úmido, cheiravam-se na sombra murmurando uma felicidade de monossílabos e diástoles. Em algum momento as perguntas voltariam, as afugentadas que a escuridão guardava nos cantos ou debaixo da cama, mas quando Lucho quis saber, ela se atirou em cima dele com a pele úmida e calou-lhe a boca com beijos, mordidas suaves, só muito mais tarde, com outros cigarros entre os dedos, disse-lhe que morava sozinha, que ninguém durava, que era inútil, que era preciso acender uma luz, que do trabalho para casa, que nunca tinha sido amada, que aquela doença, tudo como se no fundo não se importasse ou fosse importante demais para que as palavras adiantassem alguma coisa, ou talvez como se tudo aquilo não fosse durar além da noite e pudesse prescindir de explicações, alguma coisa mal começada numa barra de metrô, algo em que sobretudo era necessário acender uma luz.

— Tem uma vela em algum lugar — insistira monotonamente, rejeitando as carícias dele. — Já é tarde para descer e comprar uma lâmpada. Deixe-me procurar, deve estar em alguma gaveta. Dê-me os fósforos. Não devemos ficar no escuro. Dê-me os fósforos.

— Não acenda ainda — disse Lucho. — Está bom assim, sem nos vermos.

— Não quero. Está bom assim mas você já sabe, já sabe. Às vezes.

— Por favor — disse Lucho, tateando no chão para encontrar os cigarros —, tínhamos esquecido por algum tempo... Por que é que você torna a começar? Estava bom assim.

— Deixe-me procurar a vela — repetiu Dina.

— Procure, tanto faz — disse Lucho estendendo-lhe os fósforos. A chama flutuou no ar pesado do quarto desenhando apenas o corpo pouco menos negro que a escuridão, um brilho de olhos e de unhas, outra vez trevas, riscar de outro fósforo, escuridão, riscar de outro fósforo, movimento repentino da chama que se apagava no fundo do quarto, uma breve corrida como sufocada, o peso do corpo nu caindo enviesado sobre o dele, machucando-o contra as costelas, seu arfar. Abraçou-a com força, beijando-a sem saber do que ou por que tinha de acalmá-la, murmurou-lhe palavras de alívio, estendeu-a contra ele, debaixo dele, possuiu-a docemente e quase sem desejo a partir de uma longa fadiga, penetrou-a e a remontou sentindo-a crispar-se e ceder e abrir-se e agora, agora, já, agora, assim, já, e a ressaca devolvendo-os e um descanso de barriga para cima olhando o nada, ouvindo a noite latejar com um sangue de chuva lá fora, interminável grande ventre da noite guardando-os dos medos, de barras de metrô e lâmpadas quebradas e fósforos que a mão de Dina não tinha querido segurar, que dobrara para baixo para queimar-se e queimá-la, quase como um acidente porque na escuridão o espaço e as posições mudam e se é desajeitado como uma criança mas depois o segundo fósforo amassado entre o dedos, caranguejo enraivecido queimando-se contanto que destrua a luz, então Dina tratara de acender o último fósforo com a outra mão e tinha sido pior, não podia nem dizer a Lucho que a ouvia a partir de um medo vago, um cigarro sujo. Não está percebendo que não querem, é outra vez. Outra vez que. Isso. Outra vez que. Não, nada, é preciso achar a vela. Eu vou procurá-la, dê-me os fósforos. Caíram lá, no canto. Fique quieta, espere. Não, não vá, por favor não vá. Deixe-me, eu vou achá-los. Vamos juntos, é melhor. Não, me deixe, eu vou encontrá-los, me diga onde pode estar essa maldita vela. Por aí, na estante, se você acendesse um fósforo, talvez. Não vai se ver nada, deixe eu ir. Empurrando-a devagar, desatando-lhe as mãos que o cingiam pela cintura, levantando-se pouco a pouco.

O puxão no sexo o fez gritar mais de surpresa que de dor, procurou como um chicote o punho que o prendia a Dina estendida de costas e gemendo, abriu-lhe os dedos e a empurrou violentamente. Escutava-a a chamá-lo, a pedir-lhe que voltasse, que não tornaria a acontecer, que a culpa era dele por teimar. Orientando-se em direção ao que pensava ser o canto, agachou-se junto à coisa que podia ser a mesa e tateou procurando os fósforos, pareceu-lhe encontrar um mas era comprido demais, talvez um palito de dentes, e a caixa não estava lá, as palmas das mãos percorriam o velho tapete, arrastava-se de joelhos debaixo da mesa; achou um fósforo, depois outro, mas a caixa não; contra o assoalho parecia ainda mais escuro, cheirava a abafado e a tempo. Sentiu os ganchos que lhe corriam pelas costas, subindo até a nuca e o cabelo, ergueu-se de um salto empurrando Dina que gritava contra ele e dizia alguma coisa sobre a luz no patamar da escada, abrir a porta e a luz da escada, mas claro, como não tinham pensado antes, onde estava a porta, ali defronte, não podia saber que a mesa ficava do lado, embaixo da janela, estou lhe dizendo que aí, então vá você que sabe, vamos os dois, não quero ficar sozinha agora, então me solte, você me machuca, não posso, digo que não posso, me solte ou bato em você, não, não, me solte, estou lhe dizendo. O empurrão o deixou sozinho diante de um arfar, alguma coisa que tremia ali ao lado, muito perto; esticando os braços avançou em busca de uma parede, imaginando a porta; tocou numa coisa quente que o evitou com um grito, sua outra mão fechou-se sobre a garganta de Dina como se apertasse uma luva ou o pescoço de um gatinho preto, a queimadura lhe dilacerou a face e os lábios, roçando-lhe um olho, jogou-se para trás para livrar-se daquilo que continuava apertando a garganta de Dina, caiu de costas no tapete, arrastou-se de lado sabendo o que ia acontecer, um vento quente em cima dele, o espinhal de unhas contra seu ventre e suas costelas, eu lhe disse, eu lhe disse que não podia ser, que acendesse a vela, procure a porta logo, a porta. Arrastando-se longe da voz suspensa em algum ponto do ar negro, num soluço de asfixia que se repetia e repetia, deu com a parede, percorreu-a erguendo-se para sentir uma moldura, uma cortina, a outra moldura, a maçaneta; um ar gélido misturou-se ao sangue que lhe enchia os lábios, tateou procurando o interruptor da luz, ouviu atrás a corrida e o alarido de Dina, seu golpe contra a porta encostada, devia ter batido de testa, de nariz na porta, a porta fechando-se atrás dele justamente no momento em que apertava o interruptor da luz. O vizinho que espiava da porta em frente olhou-o e com uma exclamação sufocada meteu-se para dentro e trancou a porta, Lucho nu no patamar o amaldiçoou e passou os dedos pelo rosto que ardia enquanto tudo o mais era o frio do patamar, os passos que subiam correndo do primeiro andar, abra, abra logo, pelo amor de Deus abra, já tem luz, abra que já tem luz. Dentro o silêncio e como uma espera, a velha embrulhada no roupão roxo olhando de baixo, um berro, sem-vergonha, a esta hora, depravado, a polícia, são todos iguais, madame Roger, madame Roger! "Não vai abrir", pensou Lucho sentando no primeiro degrau, tirando o sangue da boca e dos olhos, "desmaiou por causa do golpe e está aí no chão, não vai abrir, sempre a mesma coisa, que frio, que frio." Começou a bater na porta enquanto ouvia as vozes no apartamento em frente, a corrida da velha que descia chamando madame Roger, o edifício que acordava nos andares de baixo, perguntas e rumores, um momento de espera, nu e cheio de sangue, um louco furioso, madame Roger, abra Dina, abra, não importa que tenha sido sempre assim, éramos outra coisa, Dina, poderíamos encontrar juntos, porque você está aí no chão, o que foi que eu fiz, por que você bateu contra a porta, madame Roger, se você me abrisse acharíamos a saída, você já viu antes, já viu como ia tudo tão bem, simplesmente acender a luz e continuarmos procurando os dois, mas você não quer me abrir, está chorando, miando como um gato machucado, eu a ouço, eu a ouço, ouço madame Roger, a polícia, e você grande filho da puta por que me espia dessa porta, abra, Dina, ainda podemos achar a vela, nos lavaremos, estou com frio, Dina, eles vêm aí com um cobertor, é típico, um homem nu se embrulha com um cobertor, terei de dizer-lhes que você está aí jogada, que tragam outro cobertor, que ponham a porta abaixo, que limpem sua cara, que cuidem de você e a protejam porque eu já não estarei aí, nos separarão logo, você vai ver, vão nos descer separados e nos levarão longe um do outro, qual é a mão que você vai procurar Dina, que cara vai arranhar agora enquanto a levam entre todos e madame Roger.

O texto deste livro foi composto em Sabon, desenho tipográfico de Jan Tschichold de 1964, baseado nos estudos de Claude Garamond e Jacques Sabon no século XVI, em corpo 10/14. Para títulos e destaques, foi utilizada a tipografia Frutiger, desenhada por Adrian Frutiger em 1975.

A impressão se deu sobre papel off-white pelo Sistema Digital Instant Duplex da Divisão Gráfica da Distribuidora Record.